晓来谁染霜林醉

安意如·著

故事的开头总是这样，适逢其会，猝不及防。故事的结局总是这样，花开两朵，天各一方。

人民文学出版社

图书在版编目（CIP）数据

晓来谁染霜林醉 / 安意如著.—北京：人民文学出版社，2016
ISBN 978-7-02-011692-8

Ⅰ.①晓… Ⅱ.①安… Ⅲ.①元曲—文学欣赏 Ⅳ.①I207.24

中国版本图书馆CIP数据核字（2016）第120868号

责任编辑　王一珂　宋　强
责任印制　王景林

出版发行　人民文学出版社
社　　址　北京市朝内大街166号
邮政编码　100705
网　　址　http://www.rw-cn.com

印　　刷　三河市延风印装有限公司
经　　销　全国新华书店等

字　　数　162千字
开　　本　880毫米×1230毫米　1/32
印　　张　8.75　插页9
印　　数　20001—28000
版　　次　2009年1月北京第1版
印　　次　2018年4月第3次印刷

书　　号　978-7-02-011692-8
定　　价　32.00元

如有印装质量问题，请与本社图书销售中心调换。电话:010-65233595

【目录】

【石褪玉露】

这一年，是迷茫、挫折、欣悦的交集。

当我开始准备写戏的时候，我一开始想写的是京剧。

那些怎么也不会老去的旋律，它们让我心醉神驰。我企图把我所感知的美和人共品赏，它们是我年少至今的珍藏。如同小女孩的私物，在合适的时候，总想拿出来同人分享。即使它很有可能不值一哂。

但我逐渐发现这几乎是不可能的事情。我不是一个表演艺术家，我不能站在舞台上用身段和唱腔来完美地呈现一个故事。而仅仅通过文字的描述去形容京剧的美妙又是不够的，很容易就干涩乏味，空空荡荡。事实和描述之间的巨大鸿沟，很可能使原本忧伤动人的故事变得索然无味。

有一些美是可以通过文字来传达的，而有一些美，是自有形态的，它们是稳固直至封闭的，不能被转化。你必须耐心接触，进入，深入，再深入。直到你整个人与它有了心领神会的交合。这种感觉是旁人无法替代的。

这是我所遇到的第一个挫折。

后来，我试图通过表演者的角度来探索京剧之美。谭鑫培、余叔岩、马连良、梅兰芳、程砚秋，光是这些如雷贯耳的名字，他们的风仪，也足以让我抛下一切，甘心回到往昔，同他们一起生活在那个起伏跌宕、战火纷飞的年代。

我知道向往终是虚妄。那年代已飞离我而去，那些人一去不回，百般相思亦是枉然。

章诒和不会知道，我是多么感伤于她的《伶人往事》，哀痛马连良的死去，他遽然的离世让我怦然心碎——联想到故去的外公。因为外公的缘故，我对清矍的老人总有割舍不断的好感，何况他是马连良。

写京剧要写角儿。戏曲其实是残酷的，离了角儿就离了魂。写角儿势必要有机会对人有持续深入的了解，如同观察一株植物如何从萌芽走到落叶归根，用心分辨根、茎、枝、叶、花，究竟有何特别。

而我，显然缺少这样的机缘。了解一个人绝不仅仅是通过一些影像文字的肤浅描述。那些浮光掠影的东西，终是来自别人，归于别人的记忆。

我看齐如山回忆录里写的那样亲和恬淡。往昔静水流深，真叫我心向往之。齐先生是民国名士，近代戏曲研究的第一人，他总结的"无声不歌，无动不舞"，俨然已经成为人们聊戏曲时必提的八字真言。

他回忆当时去看梅兰芳演《汾河湾》，以他的眼光苛刻，并不觉得梅有多出众，然而梅当时具有的观众缘已足够叫他吃惊。一场戏听下来，他觉得梅兰芳功底很好，是个可造之材。他觉得梅对柳迎春这个人物的心理揣摩不够确切，在表演上尚有可改进之处，一时兴起写信给梅，提了几条建议，再去看时，梅已经依照他的指教一一改了过来，这让他觉得梅很受教——由此与他建立深交，直至帮助梅成为真正的大家。

这样的事，他说起来是家常闲话，于他而言确实是家常。言者清淡，听来有味。而我们总是不自觉就正襟危坐，以追慕前贤之心去品评谈论。过于谄媚，刻意地表白自己，恨不能扑过去耳鬓厮磨。试图将每一件平常小事都说成独一无二的轶事，掘地三尺，在每一点旧事的碎屑里搜索华丽的残影。

这是一件多么徒劳的事情。

如果说，章诒和还有机会捕捉到绝世名伶退场时的衣香，晚生如我，真的只能在长安街上那个很没有戏味的戏院里拣几场还可以入耳的戏来听了。而且，心凉的是，身边往往没有几个人。

这是我的遗憾，也是我更大的挫折。

最终我只有回到故事身边。我发现，它一直在我身边，如同忠贞的情人。一路见我迷茫，见我反复，它依然耐心守候。直到我醒悟，离弃了那些妄念，它们依然与我相依为命。

真是命中注定啊！

我重新进入到我所熟悉的故事里面，一如重新与之相爱。这一次我不再粗暴轻率地对待它，而是用对待情人的温存忍耐。我们重新接纳对方，如进入情人的身体那般情意深长。我要它和我都放开，将感觉坦露，每一处褶皱轻抚，再微小的细节亦被关注。

我不再急切地去表白什么，那样会使我像一个唠叨的妇人。不再刻意地追求宏大叙事，避免了惺惺作态。我试着去描述一个个完整的故事，再现一个个活生生的人，而不是贸然站在时代的角度作出价值判断。我开始用心去揣摩剧中人的生活，剧中人的思维，分析他们际遇变化的原因——体察每一次轻小细微的抖颤。那是命运在发生变动。

我的讲述有时仍不可避免地偏离，滑向自我沉溺，这是一个感性写作者的致命缺点——为了标榜感受的独特性，夸张个人感受。我的价值判断也会急不可耐地从幕后跳出来，打断原本刻意维持的冷静叙事。

但我深信。这本书会是不同的。与我自己以往的不同，与别人的也不同。

体会杂剧是另一种情味。当你习惯了唐诗宋词的优雅缠绵之后，你几乎会自觉地抵制这个世俗化的产物。它很难符合高雅清淡的口味，显得直白低俗，不耐咀嚼，有时还充满了龌龊和猥琐。

它不像诗词歌赋那样懂得撩拨，欲近还远，善解人意，它太不懂掩饰，直至会搞坏你的胃口。可是当你进入了之后，你会发现它的孤寒由来有因。杂剧本身是一个寂寞的产物。是一群有志难伸，或者在我看来是活该一辈子不得志的读书人排遣寂寞、消遣社会的产物。它不可避免地用力太过，流露出些许尖酸刻薄的个人情绪。

随时摆出一副跟人死磕的蛮狠，很可能就悲壮地落了空。你呼天抢地，人家根本不搭理你。

我写这样一本书的缘由之一来自一件小事。有回我随意地问身边的人，你们知道苏三吗？在座的人无一例外的不知道，知道的，也只是知道有一首流行歌曲叫《苏三说》，恰巧，那个R&B风格的歌星正是他喜欢的。

若你以为这是80后才有的问题那就错了。我接触的人多半是70后、60后的，他们同样一无所知。由此我意识到这是一个集体空缺，整体空白。所以我相信，这不是一个人的问题，也不是某个特定群体的问题。

大家都有文化上的疏缺，不可能人人都是百科全书。但是，当一种文化疏缺已经成为一种社会现象时，就有必要警惕，需要引起重视了。有什么比了解自身传统更重要的呢？

苏三是京剧《玉堂春》的女主角。而京剧的经典剧目多半来源于昆曲，昆曲又源自于杂剧。一个被奉为高雅典范的东西来自于一个流于艳俗近乎色情的东西，这也是很有趣的。

读杂剧，有时读到心生抵触。可能它里面的粗暴自私正是你我不敢直认的弱点，有意回避的阴暗。

你肯给它耐心，它回报你惊喜，世事多是这样相互和好。如是，我慢慢摒弃了对它的轻慢。在粗糙俗气中看出它精致雅气的底子来。我选择的几个故事，都是能够真正打动我的，它们在我心中存留了很多年。有的曲折离奇，一气呵成。有的文辞典雅，使人过目难忘。有的悲辛彻骨，叫人难以释怀。

用氤氲的方式去舒展它们，使之在心底复活。我不断地在想，如果我是当时的作者，我的思想是能超越他，还是不及他？我能写到这样的程度吗？我会如何去表述这份情感，处理这个人物？剧中人在怎样的情况下会有这样的举动，这样的念想？那些时而深情时而幼稚的话，那些匪夷所思的念头，到底是作者刻意雕琢，还是人物真情流露不由自主的结果？

元曲有时腻腻于儿女私情、男欢女爱，文人在其间有意张扬才华，互相挤兑，游戏文字，插科打诨，但更多的是个人真情的流露，道破世情。渐渐地，我看见石褪玉露的惊喜。

可以肯定的是,在我的文字中,没有带时代偏见的字眼。古人追求功名,今人追求财富;古人三妻四妾停妻再娶,今人床友众多,夫妻双向出轨。试问谁比谁纯洁?凭什么说人家是在宣扬封建礼教和迷信?站在当时人的角度,他就该这么写,他这么写已经很大胆很先锋很"身体"了。我们不能以数百年后的思想来统一观点,试图净化数百年前人的脑子。这是多么可笑、野蛮、武断的做法。

事实上,在深读时,我常常讶异于不同时代人们思想和行为的相似,人们好像在某种程度上有着不可言传的默契,无法解释的固执和坚持。心灵意识的更替相较于社会变革、朝代更迭,无疑是缓慢乃至静止的。

千江有水千江月,万里无云万里天。根深蒂固的东西依然根深蒂固。

你以为你英勇果断地离弃了,很可能只是换了个方向绕回来。人总是一面向前,一面退后。

有人说,世道再变,人心不变,这是它们的关系。在变中写不变,亦在不变中写变,那需要何等的目光清澈又要加上狠辣毒!

深觉有理。以为记,以为念。

《西厢记》

晓来谁染霜林醉？总是离人泪。

　　唐，大历年间，山西蒲城，适值残春。普救寺中，张生正数着罗汉，寻觅自己的前生。一转脸，他看见拈花带笑的崔莺莺。她正与红娘闲聊："你觑，僧房寂寂人不到，满阶苔衬落花红。"声若娇莺，声声啼在他心上。待月西厢。她像一道光，漂亮将他毕生都点亮。他是一道伤，她情愿终身拥有，莫失莫忘。

——题记

【一】

　　犹疑着该从何入手，思绪缥缈，我游移的笔端指向她。即将要抵达的故事里的女孩——莺莺。她姓崔，曾在四个类似的故事里出现过，展现出截然不同的精神风貌。分明不是一个人，却总被误认为是同一个人。这些故事使得她好像不断地在轮回。

　　她在前生的故事里，叫作莺莺，为了区别，我更喜欢叫她双文。

那个故事后来被唐朝一个姓元的书生写成了《莺莺传》,他费心狡辩此事与他无关,但人们对此深表怀疑。在后世的故事里,她依然被叫作莺莺。一个宋朝姓赵的书生有感于她的遭遇,为她创作了凄美的《商调蝶恋花·鼓子词》,那是《莺莺传》的说唱改本。一个金朝姓董的书生据此写出了《西厢记诸宫调》,另一个姓王的书生更在前人的基础上将她的故事写成了《西厢记》,广为流传。

我试着描述她的脸,那是一种叫人惊颤的美。当你望向她,你会觉得自己将要被吸纳。你不由自主地融化,化作液体,还要心甘情愿地流向她。

张生那年见到的,正是这样柔弱而无坚不摧的美。他领受的,也是出于这样强大的美的摄压和绝望,张生瞬间陷入万劫不复的绝境。电光火舌的碰撞。她霸道地斩杀了他所有的生机,切断了他的退路,叫他不得不放弃抵抗,任她宰割。

唐朝的某个春天。山西的普救寺中,幽静无人的佛殿里,邂逅使年轻的目光更明亮。

她娇艳的脸庞令牡丹失色,娉婷的姿态叫弱柳为之自惭。她使人窒息的绝艳容颜,使张生脱口而出:"呀! 正撞著五百年前风流业冤。颠不剌的见了万千,似这般可喜娘的庞儿罕曾见。则著人眼花缭乱口难言,魂灵儿飞在半天。他那里尽人调戏軃著香肩,只将花笑捻。"

她正和红娘闲谈："你看啊，这僧房幽静无人到。这满地的青苔绿得像流动的碧水，那落花飘下，却不知水要流到那里去，这岂不是自惹闲愁。"

张生见到她的人已经魂不守舍，即次听到她的声音，更是心醉神迷，在心中大叫："我死也！"露出十足的花痴相。

莺莺的话透露出一种说不清道不明的幽怨。连她自己也不明自己为何总是郁悒不乐。

旁观者清，我们曾在《牡丹亭》里看到了这种似曾相识的情绪。杜丽娘已经够多愁善感的，可是如果跟崔莺莺比起来，杜丽娘绝对是个性格疏豪、心地坦荡的姑娘。关于崔莺莺深沉善变的性格，后面越来越显现出来。

她习惯将心事埋得很深。她甚至不完全信任身边的丫鬟红娘。这样一个心机深沉的小姐，纵然红娘聪慧非常，仍看不穿她隐隐勃发的幽怨。红娘只看见了张生，一个贸然出现的男人。她急忙拉她回避，像一个尽责的女保镖。

那壁有人，咱家去来。

莺莺没有惊慌地低头疾行，她不忘临去时对张生回顾。这临去时的秋波一转真是要了花痴的命！她一时远去，她如这春光模糊，美得亦幻亦真，却叫他呆立当地，久久难以回神。

怎当他临去秋波那一转！休道是小生，便是铁石人也意惹情牵。近庭轩，花柳争妍，日午当庭塔影圆。春光在眼前，争奈玉人不见，将一座梵王宫疑是武陵源。

她目光的注视是强力的摧毁。他的四书五经全被焚毁，用仁义道德所构建起的城池轰然塌陷。他在一片瓦砾上仍苦心瞻仰她惊世骇俗的美。

他当下决定，便不往京师去应举也罢，转身对小沙弥说："敢烦和尚对长老说知：有僧房借半间，早晚温习经史，胜如旅邸内冗杂，房金依例拜纳，小生明日自来也。"

追女仔的第一步就是要找机会接近她，并且坚决地活跃在她周围。这一点张生做了很好的示范。

张生第二天一早准时出现在普救寺，下血本打点好了长老，拿下了厢房作为阵地。恰好，遇上了出来传话的红娘。张生对莺莺爱情的忠贞度是绝对可疑的，这厮一眼见着红娘就在心里怜香惜玉起来。暗自盘算:"好个女子也呵! 大人家举止端详,全没那半点儿轻狂。大师行深深拜了,启朱唇语言得当。可喜的庞儿浅淡妆,穿一套缟素衣裳;胡伶渌老不寻常,偷晴望,眼挫里抹张郎。若共他多情小姐同鸳帐,怎舍得他叠被铺床。我将小姐央,夫人央,他不令许放,我亲自写与从良。"

得陇望蜀是男性的高发病。我的这个论断,又一次被张生用行动证实了。真叫人恨啊! 这边和莺莺八字还没一撇,那边已经算计到她的侍妾身上,还自鸣得意,如果她们不许,我就要拿出我大丈夫的威风来,亲自写下从良文书,纳她为妾。

"若共你多情小姐同鸳帐,怎舍得你叠被铺床。"这句话宝玉对紫鹃也戏言过,同样没得好脸色。宝玉怎么说也和黛玉青梅竹马,他们的事已经是半过了明路的,无人不知。宝玉和紫鹃开这样的玩笑还有点由头——这也算他半真半假地跟黛玉表达爱意,尚且惹得黛玉撂下脸来,哭哭啼啼:"如今新兴的,外头听了村话来,也说给我听,看了混帐书,也来拿我取笑儿。我成了爷们解闷的。"

黛玉生气是对的。这轻薄算是无礼,可不比寻常玩笑。她如果听之任之,连她自己也要被人轻贱了。

倘若莺莺知道张生一开始就有这个贼心,且不知怎么心寒。

《西厢记》里,张生和红娘的对手戏是很多的,都多过于他和莺莺。红娘后来成了张生的爱情盟友,但她可不是一开始就对他另眼相看有好脸色的。

张生一脸花痴相地跑到红娘面前自报家门:"小生姓张,名珙,字君瑞,本贯西洛人也。年方二十三岁,正月十七日子时建生。并不曾娶妻。"

红娘看着这位突然出现的路人甲,深深觉得他莫名其妙,反问他:"咦! 我问你了吗?"

张生锲而不舍地搭讪:"敢问小姐常出来么?"红娘怀疑地看着这位天外来客,心想我家小姐的行踪我凭什么跟你报备呀? 你谁啊? 敢这么出言无状,亏你还是个读书人呢!

红娘决定以彼之道还之彼身,祭起圣人之言之乎者也一通猛训,义正词严地打击张生慷慨激昂的色心。张生短时间内也的确是被她打击得不轻,一时铩羽而回,充满自怜自伤的小情绪:"小姐呵,你不合临去也回头儿望。待颩下教人怎颩? 赤紧的情沾了肺腑,意惹了肝肠。若今生难得有情人,是前世烧了断头香。"

在红娘面前,张生难有昂首挺胸的时候,从第一次交手起,一直维持着女强男弱的情况。红娘看着他垂头丧气地离去,没在意。

"花痴书呆子。"她好笑地想,转身入内给崔母回话去了。

【二】

张生的转机出现在孙飞虎身上。孙飞虎是个草头将军,他出现的唯一作用就是给张生原本无望的爱情制造转机。

《莺莺传》里说,这一年,浑瑊死在蒲州,有宦官丁文雅,不会带兵,军人趁着办丧事进行骚扰,大肆抢劫蒲州人。崔家财产很多,又有很多奴仆,旅途暂住此处,不免惊慌害怕,不知依靠谁。

到了《西厢记》里,石头里蹦出了这位孙大哥。他不知从何处得知崔莺莺是位绝色美人,带兵围住了普救寺,声称不把莺莺送出来给他当压寨夫人就要放火烧寺。其言其行十足一个在编的土匪头子。

当然他没能如愿。这次危机只是用来显示了张生的人脉和智慧,继而证明他虽然是个百无一用的书生,关键时候还是能挺身而出,出谋划策的。虽然笔尖儿横扫了五千人言过其实,起码这个男人还算得力靠谱。

兵围普救的嚣乱里,有两个人的表现比张生更值得称道。一是崔莺莺,在这件事上,崔莺莺颇有些舍生取义的侠气。她道:"不如将我与贼人,其便有五——

第一来免摧残老太君;第二来免殿堂作灰烬;第三来诸僧无事得安存;第四来先君灵柩稳;第五来欢郎虽是未成人,须是崔家后代孙。莺莺为惜己身,不行从著乱军,著僧众污血痕,将伽蓝火内焚,先灵为细尘,断绝了爱弟亲,割开了慈母恩。"

牺牲是高贵的美德。莺莺此时所表现出的勇敢果断,不失大家小姐的风范。她哭了一通后对崔母说:"母亲,女儿既不愿委身贼人,辱没家声,更不愿大家因我遭难。不如我悬梁自尽,请您将我尸身,献与贼人,让他死心退兵,大家得以保全。"

另外一个出彩的人物是寺僧惠明。这个小和尚非常可爱,天真粗豪,不爱读经不坐禅,只喜舞枪弄棒,想必喝酒吃肉也是欢喜的,当大家都畏畏缩缩不敢前去送信时,他跳出来表示:"我敢去。"又自陈:

不念《法华经》,不礼《梁皇忏》,飚了僧伽帽,袒下我这偏衫。杀人心逗起英雄胆,两只手将乌龙尾钢椽搭。非是我贪,不是我敢,知他怎生唤做打参,大踏步直杀出虎窟龙潭。非是我挽,不是我揽,这些时吃菜馒头委实口淡,五千人也不索灸煿煎熰。腔子里热血权消渴,肺腑内生心且解馋,有甚腌臜!

他身上的粗豪气息让人觉得似曾相识无比亲切,我仿佛看见了那个蔑视清规戒律,倒拔杨柳醉打山门,赤条条来去无牵挂的,最终在六和塔边听潮圆寂的鲁智深。他死前当机立断,大彻大悟,留下证悟的偈子道:"平生不修善果,只爱杀人放火。忽地顿开金绳,这里扯断玉锁。咦!钱塘江上潮信来,今日方知我是我。"宋江看过摇头叹息了一会儿,他仍是个身陷是非、混沌不明的痴人,无视他的警喻,继续锲而不舍地领着兄弟们往死路上奔。

惠明奔在前往蒲关的路上。张生和镇守蒲关的将军杜确有同窗之谊,又是八拜之交,一封书信过去,杜将军领兵来救,擒了孙飞虎,普救寺之围顿解。

出力是杜确,好处归了张君瑞。张生答应解围的条件就是你把莺莺许给我做老婆——这个主意是莺莺自己出的,崔母情急无奈只得答应:"虽然不是门当户对,也强如陷于贼中;两廊僧俗,但有退兵之策的,倒陪房奁,断送莺莺与他为妻。"

崔莺莺暗自祈祷,但愿是这书生退了贼兵。
天从人愿。果然是这书生退了贼兵。莺莺心中窃喜。

　　现在,将军骑着白马远去,旌旗消隐。人声渐息,一场灾祸消弭。趁着崔母满心感激为张生收拾书房让他住进来的当儿,我们回过头来看莺莺和张生是如何曲款暗通的。

　　张生住进寺里,与伊人近在咫尺,早把读书之事抛到九霄云外,朝思暮想只念着再见莺莺,他跟小和尚打听到莺莺晚上出来到花园烧香,做贼似的躲到太湖石畔墙角儿边等。虽然王实甫极力将他偷香窃玉的行径写得风雅且合情合理,仍掩不了读书人那点龌龊好色下贱心。

　　张生效仿司马相如,人家以琴声勾引,他以诗勾引,吟道:"月色溶溶夜,花阴寂寂春;如何临皓魄,不见月中人?"

　　莺莺惊讶:"有人墙角吟诗。"红娘嗤笑:"这声音便是那二十三岁不曾娶妻的那傻角。"比起这两人的装模作样欲拒还迎的试探,红娘脱口而出的大白话更能让人会心一笑:张生确实是个如假包换的花痴淫虫。

　　莺莺一点都不觉得张生花痴,她不知从哪里看出他才华横溢来。张生的诗很清新很优雅,一阳指点中了她的情感要穴,她依韵合了一首:"兰闺久寂寞,无事度芳春;料得行吟者,应怜长叹人。"

我不能昧着良心说这两首诗好。实在是,太一般、太一般了!

彼时,莺莺和张生的感情却因为对方的酬答而急速升温,相互倾慕到情不自禁要出来相见的地步:"我拽起罗衫欲行,他陪著笑脸儿相迎。"

是一旁的红娘及时拽住了她出轨的步伐:"姐姐,有人! 咱家去来,怕夫人嗔著。"她再次忠于职守地拉着莺莺回避,致使有心逗留的莺莺又一次像初见时那样匆匆走避,走时频频回顾。

踌躇满志的张生功亏一篑,跺脚怨叹:"不做美的红娘太浅情,便做道'谨依来命'。"

人家浅情什么? 红娘是尽忠职守,都叫你这么轻易得手那还了得!

"颤巍巍花梢弄影,乱纷纷落红满径。"张生默立花径。他好像站在那里做了一场梦,梦中的温柔涟漪还残留在心头。他在树影里被宿鸟惊醒,伊行踪杳杳,没入冥暗中。她好像不曾出现过。或者她不是人间女子,他们的邂逅只是他一厢情愿的幻想。

短暂的邂逅使他心意更加惘然……

莺莺情怀惆怅,精神恍惚:"翠被生寒压绣裀,休将兰麝薰;便将兰麝薰尽,则索自温存。昨宵个锦囊佳制明勾引,今日个玉堂人物难亲近。这些时坐又不安,睡又不稳,我欲待登临又不快,闲行又闷。每日价情思睡昏昏。"

自从那夜和张生吟诗唱和之后,莺莺更加怏怏不乐。红娘看出她不对劲:"姐姐往常不曾如此无情无绪;自见了那张生,便觉心事不宁,却是如何?"为防踩到地雷,她服侍莺莺愈发小心细致:"姐姐情思不快,我将被儿薰得香香的,睡些儿。"

在书生的笔下,古代小姐们思春的症候都惊人相似,乏善可陈。莺莺和红娘之间并不像杜丽娘和春香那样亲密无间,无话不谈。莺莺很防人,包括防红娘。她老觉得红娘是母亲派在她身边监视约束她的! 这和杜丽娘大不一样,杜丽娘把自己隐秘的心事告诉春香,莺莺却对红娘半真半假,又用又防。

经此一事,莺莺出来更难,张生好容易逮着崔家做法事的机会,冒充是长老的远房亲戚才混了进去。

这一回,红娘瞧出了莺莺对张生有意了。他两个眼角儿传情,口不言心自省。

　　将崔张的爱情发生地放在佛寺,尤其是在莺莺父丧未满时,这不单是增加了戏剧冲突,对于恭谨守礼的国人来说,王实甫敢这样写本身就是一个极大的创举。

　　庄严妙境成了年轻人偷期密约掩人耳目的好场所。情心赤诚,情苗自生,不怕亵渎神灵,无惧轮回报应。"普救寺"这个名字如此耐人寻味。第一次有人如此明确地肯定男欢女爱是正当的。因为相爱而产生我要我们在一起的愿望是正当的!可以想见,《西厢记》给那个年代的年轻人精神上带来的冲击和突破有多么巨大!

　　死了都要爱!不淋漓尽致不痛快!

【三】

　　在崔母许婚之前,张生对自己的信心完全是盲目的。挫败感一直狡猾地牵制着他,精神上的焦虑和忧郁是每个陷入情网的人无法逃脱、必须要面对的考验。

　　那些耿耿无眠的长夜,张生被接踵而至的念头搅得不能合眼,那些不断冒出的乱七八糟的念头汇成了波涛汹涌反复无常的大海,他被抛到海里,起起落落。他必须奋力挣扎才不至于葬身海底。

　　在每一次天光亮起的时刻,勉强睡去,在梦中愈发再次坚定自己爱莺莺的信心。

现在崔母答应了婚事,张生像泅渡多日终于着陆。他憧憬着,充满幸福感地期盼着好事降临。一大早起来,精心准备着去赴宴:"夜来老夫人说,著红娘来请我,却怎生不见来?我打扮著等他。皂角也使过两个也,水也换了两桶也,乌纱帽擦得光挣挣的。怎么不见红娘来也呵?"

红娘即刻到了。她此时对张生的态度与之前完全不同了。这是个有侠气的女人,滴水之恩,当涌泉相报。她时时想着:"我想若非张生妙计呵,俺一家儿性命难保也呵!"

她来见他,发现打扮一新的张生看上去英俊不凡。红娘第一次有机会仔细从容地打量他,这在她心中地位攀高成为英雄的男人,她由最初对他的不屑,渐渐转为欣赏。

红娘的心思萌动同样很隐秘:"则见他叉手忙将礼数迎,我这里'万福,先生'。乌纱小帽耀人明,白襕净,角带傲黄鞓。衣冠济楚庞儿整,可知道引动俺莺莺。据相貌,凭才性,我从来心硬,一见了也留情。"

她也觉得张生不错,对他起了意思。可见有人说红娘极力撮合莺莺和张生是有目的的,也不是空穴来风。不过以红娘当时的身份,她必须要把莺莺的需要放在首位,服从她。只有莺莺和张生成就姻缘,她才可能和张生搭上。而据此说她为了自己的将来,把莺莺给算计出卖了肯定是不对的。红娘热情坦荡,反倒是莺莺算计利用她的时候多。

在酒席上,张生和莺莺情意款款,甜蜜地眉目传情,他们满心期待崔母宣布,你们吃完晚饭就洞房花烛去吧。崔母却赖婚了,只叫二人今后以兄妹相称。

事出突然,两颗火热的心瞬间一片冰凉,落地摔得粉碎。

酒宴未阑,事情已经僵在那里。张生面如土色,莺莺失魂落魄,红娘大惊失色。我不再看这几个僵持不下的人,将目光转向别处,我想起被我遗落多时的双文。她仿佛一直站在帘后静静看着这对延续她故事的男女,她神色杳然,不露喜悲。他们对她而言是陌生人。

久远的往事像大雾一样涌到眼前,沁湿双眼。双文轻扶发簪,露出白玉无瑕的皓腕。她裙裾微动,像湖水泛起涟漪,环佩随着摇曳的步态发出令人心醉的声音,窸窸窣窣的脚步声在帘后戛然而止,令满心期待的书生不由自主地屏住呼吸。

她坚决不和莺莺同时出现,一如她当日坚决不出来见另一个张生(元稹)。

或许她早有预感,相识就是劫难。见面就是劫难的开始。她绕来绕去,像一只小鹿那样在丛林间拼命闪避,最终也没有避开命运之箭。

母亲唤她出来,她显得那样不高兴、不情愿。完全对他漠然。元稹还是喜欢上了她,千方百计引她说话。她不作回应,却不显得拘谨,她的安静充满了高傲的力量。她双眼明媚,她的脸上,有着世族女子一贯清冷高傲的表情,如同女神一样高贵不可侵犯。

只有她知道,安静,是为了掩饰惊慌所做的伪装。她害怕预感实现。她没有看他,还是不能做到忽略他,他还是无声无息地迫近了,带来了深重的影响。她的心塌陷成一个山谷。他的声音在她的周围不断回响。

她抵挡不了他的侵袭。这是她隐秘的惶恐,深切的悲哀。

双文拾起了她的琴,她吹散琴上的尘埃,拨动琴弦。在很多很多年前,她的心也曾被人这样情意绵绵地拨弄过。

然后……

今夜。她将隐在月下看张生去拨弄莺莺。她不希望莺莺重蹈她的覆辙,但她什么也不能说。她的叹息化作午夜的凉风,掠过莺莺的发鬓,莺莺对她的关切毫无所觉。

张生在月下弹琴。莺莺隔墙听。她有满心的要说,却又说不得。莺莺忧伤而愤懑。张生愤懑而忧伤。莺莺在那边无奈地辩解着,他觉得无力而倦怠,曲毕,默然抱琴而去。

他为她病了,莺莺闻讯后求红娘代她去看他,红娘应允了,她觉得义不容辞："我想咱每一家,若非张生,怎存俺一家儿性命也!"我惊讶于红娘对张生感恩之心竟然超过了崔莺莺和崔母。莺莺和崔母后来对张生救命的事几乎绝口不提,似乎那是没办法的屈膝。只有红娘时时刻刻把张生的活命之恩记在心上,时时念叨:

相国行祠,寄居萧寺。因丧事,幼女孤儿,将欲从军死。谢张生伸志,一封书到便兴师。显得文章有用,足见天地无私。若不是剪草除根半万贼,险些儿灭门绝户俺一家儿。莺莺君瑞,许配雄雌;夫人失信,推托别词;将婚姻打灭,以兄妹为之。如今都废却成亲事,一个价愁糊突了胸中锦绣,一个价泪揾湿了脸上胭脂。

张生见到红娘,就如见到了救星一般,求她传书递笺。红娘见他一时又精神抖擞,暗笑他情深癫狂之余,也深喜他风流伶俐。因为欣赏他,红娘愿意为他奔走。她的想法明确简单,一来,人要知恩图报,信守诺言。张生救了大家,既然答应将莺莺嫁给他,就不该出尔反尔。二来张生和莺莺彼此有情,现在为相思所苦,成全一对有情人义不容辞。

可是,怎么说呢,她一片热心却遭冷遇,红娘不是个冒失人,她对莺莺的性格还是了解的,为了保险起见,她将简帖儿放在妆盒儿上让莺莺发现,等她来问。莺莺晚妆照镜看见了,蓦地变了脸色,斥道:"小贱人,这东西那里将来的?我是相国的小姐,谁敢将这简帖来戏弄我？我几曾惯看这等东西？告过夫人，打下你个小贱人下截来。"

红娘知道莺莺的性格里暗中藏诈，倒也不被她的虚张声势吓到，回道："小姐使将我去，他著我将来。我不识字，知他写著甚么？分明是你过犯，没来由把我摧残；使别人颠倒恶心烦。你不惯，谁曾惯？"

几句话抵得莺莺哑口无言，只得转过脸来向她赔笑："好妹妹，我逗你玩来。"又道，"红娘，不看你面子，我把这东西拿给老夫人看，看他有何面目见夫人？虽然我家亏他，只是兄妹之情，焉有外事。红娘，早是你口稳哩；若别人知呵，甚么模样。"

这是官家小姐惯用的伎俩，必定要先撇清了自己。虚假！红娘嗤笑她："你哄着谁哩，你把这个饿鬼弄得七死八活，你想怎样？"

这段对话是我印象最深刻的，活画出莺莺和红娘的性格。我并不以对爱情的谨慎来理解莺莺的心口不一。莺莺察言观色口是心非的功夫，绝对和她自小的生活环境有关。口是心非已经成为她性格的一部分。官家的小姐，即使温驯有教养，看起来天真烂漫也未必就是百事不知，防范和利用别人也是潜伏的本能。更何况崔母疑忌、诡诈性格如此明显，莺莺耳濡目染多少也会养成爱耍心机的习惯。

莺莺写了一封信要红娘传给张生，她是这样说："小姐看望先生，相待兄妹之礼如此，非有他意。再一遭儿是这般呵，必告夫人知道。——和你个小贱人都有说话。"

她忸怩作态的样子实在作厌，任是红娘好性儿也不免含怒了！阴也是你，晴也是你，好也是你，歹也是你。明明是你在撺弄人家秀才，使唤我，还要在我跟前假撇清。这事真是吃力不讨好！莺莺的虚伪比对着张生的赤诚，当她得知莺莺又再利用她时，红娘感情的天平自然地倾向于张生那边了。

红娘是忠诚的，但她的忠诚并不是奴性的忠诚，她的忠诚是基于深厚感情积淀的习惯性力量。她的忠诚确有无可奈何，更有着她鲜明的原则。

她要的是成全有情人。

根据王先生的演绎，《西厢记》无疑是一见钟情的范本，宣扬恋爱自由，追求有情人终成眷属的理想。可是，张生和莺莺的爱情，并不是那种高洁到让人潸然泪下的故事。这故事里的每个人，他们都很世俗，很真实。

莺莺倾心于张生，是出于长期幽闭状态中对爱情的渴望。这种欲望本身没有具体的对象，她的爱情对象既不具体也不固定，如果她没遇到张生，随便一个李生、陈生也可能是一见钟情的结果。只要这个男人符合她内心的标准就可以了！在那个时代背景下，少女被压抑的青春已经干得没有一丝水分，骤见英俊斯文的书生后，很自然一点就燃。他们的爱情是走火的结果。所谓一见钟情的意思就是两个互相需要的人碰上了！理性靠边站。

当张生根据她信中指示跳墙赴约时，她又变卦了。也许是张生会错了意，本该从角门溜进来却跳墙进来惊了她。但这也不足以解释她为什么陡然变卦，前后判若两人。

她总是这么阴晴不定，使人费解。

【四】

莺莺和崔母乍看起来是对立的，事实上她们是两条会在将来交汇的平行线。想起崔母就是老年版的莺莺，真让人不寒而栗，为张生的将来捏一把汗。可以想见的是，莺莺终会成为崔母那样心机深沉的女人，她和张生的婚姻不一定会幸福。以性格论，倒是红娘和张生更登对。只可惜，人往往被与自己性格互补的人吸引。何况张生后来中状元做了官，以莺莺的心机做个官家夫人倒也不屈才。

莺莺对红娘的利用，和崔母对张生的利用本质一样，令人心寒。崔母屡次反悔，不断推翻对张生的承诺。莺莺也是屡次食言，不断否认自己对张生的感情。或者她把爱情里欲擒故纵这招用得出神入化；或者我可以用内心充满了不确定，所以对感情投入谨慎来解释莺莺若即若离的态度。

但是不管从什么角度，都不能掩饰她的虚伪，都能得出一个结论——莺莺天生是个爱情高手。她有得天独厚的条件,美得让星辰黯淡、日月无光,让男人俯首称臣。与之相应的是她冰雪的清醒和狡黠,她有足够的耐心,像是最冷静最老练的猎手,等待猎物自己一步步走进她的领地,落网,任她宰割。

莺莺对爱情精打细算绝不同于那些随随便便以身相许的女孩。她非常清醒,绝不是那种轻易投入、贸然相信,然后扑通一声掉到爱河里淹死的女人。反倒是男人被她玩弄于股掌之中,为她神魂颠倒死去活来。

张生又一次铩羽而归。他简直痛不欲生了。因为相思而卧床不起。他躺在那里无数次回想第一眼见到莺莺的情景。他想恨她薄情,可是连恨都是那么孱弱,不足以抵抗席卷而来的对她的思念。

张生真的病了。他是个文弱书生,平时不运动,身子骨本来就弱,此时骤然爆发的冲动屡屡被强行压制下来,屡遭戏弄,又担惊受怕,心情忽喜忽悲,那孱弱的小身板哪经得起这样上上下下反复折腾。

红娘再见到他,是替莺莺送信来。我猜她赌气不想送,张生却又令她牵挂。她于是又来了。

他病骨支离的样子真让她心疼。她却不能表现的太明显,但那一句:"普天下害相思的,不似你这个傻角。"分明流露出她对这个男人的怜惜。她眼见得他为情所苦,帮不上又替不得,不知不觉间,她对他的感情也深了。

她何尝不煎熬,只可惜她没有余地表白自己的心意,只得劝慰他:"心不存学海文林,梦不离柳影花阴,则去那窃玉偷香上用心。又不曾得甚,自从海棠开想到如今。因甚的便病得这般了?"

她岂不知他是为了莺莺?莺莺的性格是不可爱的,但她在男人眼中是可爱的、可怜的,连她耍小性儿玩弄他,也令他刻骨铭心,他可以完全不计较。他知道自己看见第一眼栽在她手里了。这震慑是由她无与伦比的青春和美貌带来的。

年轻时的爱情百分之九十建立在对外貌的认可上,精神上的认同几乎可以忽略不记。

张生确实还年轻。

这一晚,莺莺没有爽约,没有变卦。她终于来了,自带枕席来和他同居——自带铺盖这一行为是否也反映了莺莺潜意识里对张生生活现状的不认可呢?作为一个精明理智的女人,她抗拒进入与自己身份不协调的境遇里去生活,那太冒险了!但她确实无法抵御那日益蓬勃的该死的爱——所以她才反复、挣扎、犹豫这么久。

赤诚战胜了奸诈。她决心对自己放纵。

从逾墙时的厉颜呵责,到几天后的抱衾暗从,太激烈叵测的变化,让他无法揣测这个女人复杂的内心。他能做的就是跟随她的决定,继而享受这从天而降的艳遇。

双文再次出现在我的记忆中。《莺莺传》关于她和张生初夜的描写如梦似幻，把双文写的好像朝来暮去的神女一般，《西厢记》里这一段文字描写全由《莺莺传》而来，远不如它简洁灵动："俄而，红娘捧崔氏而至，至则娇羞融冶，力不能运支体，曩时端庄，不复同矣。是夕旬有八日也，斜月晶莹，幽辉半床。张生飘飘然，且疑神仙之徒，不谓从人间至矣。有顷，寺钟鸣，天将晓，红娘促去。崔氏娇啼宛转，红娘又捧之而去，终夕无一言。张生辨色而兴，自疑曰：'岂其梦邪？'及明，睹妆在臂，香在衣，泪光莹莹然，犹莹于茵席而已。是后又十余日，杳不复知。"

不久红娘扶着双文来了。她今夜显得格外娇媚羞涩，柔顺得好像力气不够支撑肢体似的，跟从前端庄的样子完全不一样。那晚是十八日，斜挂在天上的月亮非常皎洁，静静的月光照亮了半床。张生不禁飘飘然，简直疑心是神仙下凡，觉得她不像是人间女子。过了一段时间，寺里的钟响了，天要亮了。红娘催促快走，崔小姐娇滴滴地哭泣，声音委婉。红娘又扶着她走了。整个晚上她没说一句话。张生在天蒙蒙亮时就起床了，自己怀疑地说："难道这是做梦吗？"等到天亮了，看到她的妆痕还留在臂上，香气也还残存在衣服上，床褥上的泪痕还微微发亮，这以后十几天，关于她的消息一点也没有。

双文沉默着，安静地躲在阴影里。在生前她就放弃了一切辩护，现在更不会为此事再发一言。

那薄薄的书在我手中。双文秀眉微蹙，看那厢红娘为莺莺和张生的事精彩地辩护。红娘最终赢得胜利。她知道那结局与她无关，她的红娘不曾做过此事。她的元稹也并不曾得中状元。相反，他文战不利，为求取功名屡次与她分别，最终舍弃了与她的感情。

通过男人认识了自己，经历了情爱，经历了生活。这就是她付出的所得。在感情中，双文清醒而有预见性。她早知这男人对她是性大于情，情又薄于爱，他对她，是蝶恋花的露水情分，比不得张生真心要和莺莺长相厮守。

"靡不有初，鲜克有终"是多少爱情凄凉的宿命。在她的感性纳头便拜时，她的理性始终昂着高贵的头。

爱情原本就是那种光彩炫目、引人追逐的东西。它美好，却不珍贵。它甚至深具时效性，对号入座，过期作废。

她认了！何妨放纵一次，只要承受得起。双文不甘心在小心翼翼、踌躇不前中错失了激情燃烧的机会，她不甘心还未盛开就萎谢，在无休无止的寂寞与悔恨中追悼未能得手的爱情。

剩下的时间，用来好好生活。

莺莺是个爱情高手，一个稳赢不输、势必要占尽上风的女人。双文不是。双文对爱情的洞察没有帮她赢得爱情，她的悲观加速了感情的衰亡。那男人最终害怕，借口上京赶考来逃离她。

张生也上京赶考了，他发誓高中回来娶莺莺。莺莺满心不舍，泪眼不干，叹道："晓来谁染霜林醉？总是离人泪。"她一定要将离别变成一场表演,用眼泪为感情涂抹上浓墨重彩。

事实上,离开可以悄无声息。不挑起离愁,也不勾动眷恋。我不知双文是否瘦损了玉肌,清减了精神。但她一定不像莺莺那样形诸于外。双文的哀乐都是拒绝与人分享的。

她最终将自己放逐到一个与他无关的世界里,他关于她的流言、评论,在她的国境里,她选择了屏蔽、不关心、不在意,静默得像一潭深水,任他在岸边怎么招摇撩拨,也不做回应。

哗啦——哗啦——那是大风过境的声音,他好不好,也都已经是过去。

爱没有聪不聪明,只有愿不愿意。

【五】

有一个险些被遗漏的人,在张生和莺莺两人如愿以偿享尽鱼水之欢的时候……

红娘,她在做什么、想什么呢?

她在更深露重的夜里,守在房檐下,为他守住爱情的堡垒。她把她送进他怀里,让他们成对成双,自己却在暗夜里独自吞咽着苦水,找不到一个可以依靠的胸膛。

露水沾湿了绣鞋,夜风吹皱了心肠。红娘站在没有月光的地方,她那阳光一样明亮的笑容从唇间隐去了,孤独溢出了她的眼睛,渐渐淹没了她。

这个开朗、从不显露悲伤的女孩,默默露出比永夜还要沉重的心痛。她如此地,惹人怜爱。

他们关上了门,却关不住声音。那热烈的呻吟,压抑不住的喘息,像海潮一样猛烈,而她像被冲上岸的贝壳那样孤单又泥足深陷。

春夜的风不该这么寒的,为什么像朔风彻夜刮着她的心,她像一只落单的鸟儿,冷得无处躲藏,苦得心甘情愿。

她成为人们心中永远的爱情使者,微笑勇敢了这么多年,最终石化,却仍要保持笑容任人瞻仰。

人们可还记得,她遭遇爱情时,还那么小。她可是改变崔母的决定,为他们争取到幸福,却无力改变自己爱情那种居于次席、无可救药的凄凉。

她知道自己在这场爱情里最好的位置也只是个配角。

现在,我可以确认红娘对张生的感情了,这是一条几乎被人忽略的线索,它指向一个隐秘的、不容否认的存在:她对他也有爱意!我爱你,所以要成全你。成全,是每一个甘愿牺牲的人的悲哀,爱,就是将那个人的喜怒哀乐统统当做自己的。太难做到,难到做到反而像假的。

换我心,为你心,始知相忆深。

《牡丹亭》

原来姹紫嫣红开遍,似这般都付与断井颓垣。

爱情,是往返的幻觉。我馈赠于你,你回馈于我。放不开,那命运鉴定的爱情;躲不开,这注定凄艳的荣幸。所以——就让我以死来殉你,请葬我于此,等来年春动,你以生来赎我。经书苦口婆心:色即是空,空即是色。世间男女置若罔闻。

——题记

【一】

游园那天早晨,春光分外殷勤。杜丽娘醒来后一如往常神情慵散。据丫鬟春香回忆,那天早晨,她似乎没有什么不妥,只是显得有些忧闷。这一切,也许和窗外熏和的天气有关。

"那样的天气,看上去就是懒洋洋的。"春香说。她经过走廊时,还特意住脚,伸手向外探了探,空中飘浮着一些游丝一样的东西。她抓了一把,发现手里什么也没有。"连太阳闻起来,都有香气。"

她满足地深吸一口气，朝小姐的房间走去。

"小姐。"——她看见小姐杜丽娘，默默地坐在那里，花样绣线被抛在了一边。春香机敏地收拾起已快要熄灭的香，没有多问。

杜丽娘走了出去，倚在栏杆上。春香好像听见她自言自语："一切都只是个梦而已。"

窗外春色、耳边莺啼更添了心上莫名感伤，她叹息着："梦回莺啭，乱煞年光遍。人立小庭深院。"她的处境和心境竟和书页间的美人不谋而合："剪不断，理还乱，闷无端。"

对于生活，她早有不满却又习以为常。思想的空间再大，现实的空间却依然很小。能做的努力，就更少。

内心单纯明净的杜丽娘，在惊梦之前，麻木安心地做着顺民，她吐出一丝丝的苦闷，渐渐郁结成了一个茧——那迫使她反抗的动力，还在途中，没有抵达。

独立小院的杜丽娘叹息着，只觉得春色恼人，不知打哪儿来的忧闷。她刚做了一个梦，那该是一个让人心存眷恋，甚至有些不足为外人道的梦，也许是个面目模糊的男人，像一阵春风拂过桃花，她未及欢欣，他已遽然无踪。

梦短得几乎无痕，才叫她不禁暗自埋怨起窗前的莺啼将她惊醒。醒过来后，她只记得隐约的情节和清晰的感觉。心里像有一尾鱼在游来游去，但她怎么也捉不住。这让她很怅然，很烦闷。这又何尝不是一个危险的暗示，来日她一样会被惊起，独立深院。

只是下次，下一次的幽怀就再没有这么容易排遣。

她一径发闷，眼前庭院深深，春意沉沉。她只觉得心事层层，却还没有开出来，只管饱饱地紧紧地压在心头。

生活如此单调乏味呵。无非刺绣、纺织、缝纫等女红，再来是读几卷诗书，和春香闲话几句，两个不出二门的小丫头能有什么时鲜的话题，能架得住天天腻在一起？春香又不喜读书，她纵有满腹诗情也无知音倾谈。

父母用心择选了一位饱学的老秀才做她的老师，期望把她教导得更知书达理、循规蹈矩。事与愿违。殊不知，杜丽娘的觉醒恰是从父母决定为她延师开塾开始的。

老先生才情枯涩，为人迂腐。刚开始讲《关雎》，可以讲到让人昏昏欲睡。然而就像一个微小的机会可以改变一个人一生的际遇，一个平庸的男子，照样可以触发一个才女的情思。杜丽娘恰是从陈最良身上照见自己是个才貌双全的女孩子。她读了很多书，写得一手好字，有不错的诗文功底，不俗的品味，而她的老师只知照本宣科。终身在贫寒中挣扎的男子，读书只为谋生，连砚台有眼为佳也不懂。

当人开始意识到自己很出色，和别人很不一样时，她的孤独感就出现了！她开始有她的苦闷——怀才不遇。这，竟然和远方她未来的恋人惊人地一致。

　　此时她倚栏远望，所望之处恰是来日柳梦梅自岭南来时要经过的梅关。这又是一个神秘的暗示，然而此时，人不能知。

　　与自觉长大、开始多愁善感的杜丽娘比，春香只是个爱玩的小丫头。她念念于游园的约定，不失时机地提醒她，我们该去游园了。

　　经过提示，杜丽娘终于想起来前几天说起的游园一事。她自然要回房精心打扮一番才肯出门。

　　有了寄托，她心情转好。"袅晴丝吹来闲庭院，摇漾春如线。"看见外面响晴的天，空中飘浮着小虫辛勤吐出的游丝，夹杂在飞花乱絮里，飘来这小院中，她突然觉得没那么寂寞。那游丝般握不住的春天，虽然姗姗来迟，毕竟是悠悠地来到眼前了。

　　丽娘愈发用心地打扮起来。吩咐春香"停半晌、整花钿"，"没揣菱花，偷人半面，迤逗的彩云偏"。看见镜中的自己，陌生的自己娇艳可人。她忽然间害羞起来，好像被镜子窥出了端倪。

　　为了掩饰自己情丝荡漾，她假意嗔怪这该死的镜子，害得我把头发都弄歪了呢！

　　梳妆完毕，她又开始踌躇："步香闺怎便把全身现！"——到底去不去？这是个问题。顾影自怜时，她的心情是复杂的，既有自得，更有失落,爹娘老把我关在屋里,什么时候才有人能发现我的美呢?可是当她真正要踏出门时,她又开始犹豫不决。

面对春香撺掇型的赞美,杜丽娘道出了深藏的傲然:

"你道翠生生出落的裙衫儿茜,艳晶晶花簪八宝填,可知我常一生儿爱好是天然。恰三春好处无人见。不隄防沉鱼落雁鸟惊喧,则怕的羞花闭月花愁颤。"

你赞我穿着绛红色的裙衫多么艳丽光彩,戴着宝石镶嵌的花簪多么光彩夺目,你可知道我不止是喜欢这些漂亮的饰物,爱美是我天性使然。我的容颜如这春光一样曼妙姣好,又谁懂得欣赏呢?

恭谨温良的女孩自呈心迹:"我一生儿爱好是天然,恰三春好处无人见。"一句话道破天机。她原不只是温吞水似的大家闺秀,她天生长着一颗妖娆的心,是喜欢和爱情较劲的小妖精。

【二】

杜丽娘由春香陪伴走到花园,起先她走得小心翼翼。这园子看起来久无人至,画廊上金粉剥落,池馆边苍苔丛生,芳草繁乱;花木多时无人修剪，破败得有些惊心。谁知，走得深了，这看似颓败的花园里竟藏着令人意想不到的美景，致使她脱口而出："不到园林，怎知春色如许！"

这是一座同样怀才不遇的园林，它像一个弃妇，所托非人，很快被人轻贱、冷落、遗弃了，孤零零地无人照看。可它没有看低自己的美，倔强地，在颓败的境地里，开出令人目眩的春色。哪怕春之后，它又将被打回原形，陷入长久的孤寂当中，面对更加贫薄尴尬的局面。

现在，它终于等到一个访客，老去的园林倾其所有接待了知音。

杜丽娘对这孤芳自赏的园林大起怜惜之心，她亦仿佛在嗟叹自身："原来姹紫嫣红开遍，似这般都付与断井颓垣。良辰美景奈何天，赏心乐事谁家院！"

百年之后的某一天，黛玉自墙外过，遥遥听了这几句话，不禁心摇神荡，大起知音之感——这等春色竟无人怜惜，竟都付与了断井颓垣。青春绝色竟难觅归宿，岂不辜负了红颜？她们都是再敏感再灵慧不过的人，都由这园林春色看穿了繁盛世相。便似这世间，所托非人的事情太多，一人，一事，一物。未必好的就有另一件好的来匹配，而常常是缺憾的、不般配的。

美丽之前的荒芜，荒芜之后的美丽，境遇的转换是如此微妙。

人生的两面,一面繁盛妖娆,步步生莲,一面荒凉冷落,处处惊心,是与非,又该如何评断呢?

这样美好的春天,明媚的光阴要如何度过? 究竟什么样的人家才能一直有欢欣愉悦的事呢? 杜丽娘的话,问出了人生永远在追寻却永远无力填补的缺憾。答案绝对是悲观的,人生的缺憾与生俱来。没有绝对幸福完美的生活,没有一直欢欣愉悦的人。

"恁般景致,我老爷和奶奶再不提起。"走着看着,她心中幽怨愈发蓬勃:原来我只是个囚徒。比囚徒更可悲的是,我一直没有意识到这个事实。

她的后知后觉令人同情,事实上现实中也有很多这样无形中被禁锢的人,他们确实难以发现自己生活圈子之外的世界。但我不喜欢这样推卸责任的说法。这叫什么话? 你已经不是个小孩子了,你甚至开始思春了,难道父母不提,你就连自己家的花园也发现不了吗? 未免太懈怠无心了。

所幸,她的灵慧善感及时消除了我对她的不满。

听她感慨:"朝飞暮卷,云霞翠轩;雨丝风片,烟波画船。"眼前的翠轩画船,多么精致,可惜竟被无情搁弃。这是多么让人惋惜的事情! 想一想啊,若是在响蓝天气登上亭台,阳光像丝缎一样裹住全身,水色在日色中变得温暖浓稠……

在轩中小酌,静坐清谈,遥观天际云霞变幻,感受光阴流动的温存和迅猛;即使是阴雨绵密的时候,坐上画船,随波荡漾,雨丝缠绕,也是别有风情意趣的。

听她感叹:"这园子委是观之不足";"遍青山啼红了杜鹃,荼蘼外烟丝醉软","生生燕语明如翦,呖呖莺歌溜的圆"。

你看啊,这杜鹃已开遍,荼蘼架上游丝软坠,飘若烟云。你听啊,那莺燕双双对对,话语缠绵。

所有感官上的细致波动,如果留心,会发现都是很有意思的。我在中国古老的文字里看到这样的美,心里很悠扬,很惆怅。

杜丽娘是爱好天然的,因此能够敏锐地发觉世界的美妙。但这世上更多的是不爱好天然的人,他们对美好的定义不在精神层面,可悲的是——往往他们才是掌控这个世界走向的人。懂得世间美好的人,往往不能掌控这个世界。他们通常被视作异类,秉性脆弱看似尖锐。

正像杜丽娘所感慨的,"锦屏人忒看的这韶光贱"。她的父母正是富贵中人,正是他们废弃了这园林。富贵中人留心名利,争权夺利犹恐不及,哪有闲心来欣赏这些天然美景呢?在这些人眼中,这都稀松平常,无关紧要,反正年年花开,年年花落,今朝不看,且待明朝。少看一天有何不可? 而世道艰险,富贵功名不等人,一着不慎,便会满盘皆输。

这句话,今日看来亦是非常醒目的,究竟是汤显祖的洞察力深刻到跨越了时间和社会,还是世道人心一如百年前的浮躁浅薄呢?

杜丽娘越走越落寞,她的心情起起伏伏,满园春色触动了她的情思,也更让她意识自身处境的艰难、荒芜。

"春香,我们回去吧。"她意兴阑珊。她没有对春香说明自己忽然之间情绪低落的原因。她们的思想并不在一个层面上,说也是枉费唇舌。

纵然,春光堪赏还堪玩。你我也只是误闯禁地的游人,流连越久,失落就越深,被打回原形时也就越狼狈。她这样想——如果,不能改变我的生活现状,就是赏遍了十二亭台是枉然。倒不如就此兴尽回家,重复我单调乏味的生活。

她不知自己在一天之内长大。天真的仙女,无意间失去了自己的羽衣,只好独自留在人间,等待她的男人带她回家。

【三】

她的男人姗姗来迟,让她等足了三年。

我们必须相信,某些人的命运之间暗自有着奇妙的呼应和重合。虽然相隔万里,在各自的生活轨道上行进着,冥冥中却息息相连,他们处境相似、心境相通。一旦相遇了,就会像齿轮一样紧紧咬合在一起。

杜丽娘命中注定的爱人柳梦梅,在遇上杜丽娘之前,也做了一个梦。那个梦来得好蹊跷,像是早有预谋。

他梦到一园,中有一美人立在梅树下,不长不短,如送如迎,对他含情脉脉:"柳生,柳生,遇俺方有姻缘之分,发迹之期。"那一双眼睛就像要将他融化。这多情的书生对梦中美人难以忘怀,因此改名"梦梅",以"春卿"为字。

应该有很多次,杜丽娘遥想着梦中情人的容颜。一遍一遍地幻想,无法停止呼吸那样无法停止思念。她孤独,孤独到只能以思念素未谋面的情人来维持生机,她不知道在遥远的南方,她的恋人早为她烙下鲜明的印记。

杜丽娘忧闷无端的时候,柳生也每日里情思昏昏;两个人一个幽居小庭深院,一个闷坐果园;身边一个是小丫鬟,一个是老仆人,都是贴心但不知心的人;杜丽娘倚栏远望的时候,柳生正和他的穷朋友韩秀才登台远眺,攀今吊古言怀抒志,两人一样怀才不遇;在杜丽娘游园的时候他也许正在游寺(实际上去打秋风,拜谒一位姓苗的官员,请求他赐予银两作为上京赶考的路费)。

　　虽然懵懂无知，彼此走的每一步却都在朝着对方靠近。

　　三年后，饥寒交迫、贫病交加的柳梦梅来到南安，病途中被杜丽娘的老师陈最良所救，带到梅花观中。他一无所知从来生来，忘却了前生发生的所有事情。

　　百无聊赖之下他信步走进了一个园林。在园子的太湖石缝里拾到一个檀木的匣子，这匣子里藏着一个女子的春容图。

　　打开这幅春容图，柳生开始魂不守舍，心思回不到诗书上。他本以为画中人是仙。当他发现画中的女子既不是观音也不是嫦娥，而是一个美貌的凡间女子时，他随即陷入了铺天盖地无可救药的相思之中。

　　成惊愕，似曾相识，向俺心头摸。待俺瞧，是画工临的，还是美人自手描的？问丹青何处娇娥，片月影光生毫末？似恁般一个人儿，早见了百花低躲。总天然意态难模，谁近得把春云淡破？想来画工怎能到此！多敢他自己能描会脱。

　　且住，细观他帧首之上，小字数行。呀，原来绝句一首。"近睹分明似俨然，远观自在若飞仙。他年得傍蟾宫客，不在梅边在柳边。"

　　呀，此乃人间女子行乐图也。何言"不在梅边在柳边"？奇哉怪事哩！

感情泛滥是源于一个男人的自信。莫非这"他年得傍蟾宫客，不在梅边在柳边"道的是我？柳梦梅越想越觉得是这么回事，内心为之雀跃不已！

这首无名诗如同一把直抵心窝的匕首。它让柳生无可救药地坚信自己和画中的美人有着命中注定的姻缘。书生憨态可掬，"拾的个人儿先庆贺，敢柳和梅有些瓜葛？小姐小姐，则被你有影无形看杀我。"

——现在换柳生为丽娘相思成灾了。

这望梅止渴的书生凝神望着画中人。他觉得自己正隔着尘世间迢迢的山水眺望，却在咫尺之间。她一对柔情似水的眸子，就照在他脸上。

为我笑，他出神地想，且为我流泪。这么一双奇异的眼睛。在遥远的他乡，这样神秘的美人，不枉他，咽下途中每一里路的凄凉，千山万水跋涉到此。

他莫名地爱上她了。就像她当日莫名地爱上他一样。

待小生狠狠叫他几声："美人，美人！姐姐，姐姐！"向真真啼血你知么？叫的你喷嚏似天花唾。动凌波，盈盈欲下——不见影儿那。咳，俺孤单在此，少不得将小娘子画像，早晚玩之、拜之，叫之、赞之。

他手舞足蹈地对着她的画像顶礼膜拜。这傻孩子整天对牢一幅春容嘀嘀咕咕，连梦里也不怠工。一千一万声神仙姐姐只怕都叫过了，终于感动杜丽娘的鬼魂现身相见。

【四】

冰凉的雨丝渗入地下，棺木被打湿，腐烂了，她寂寞地躺着、固守着，直到思念来唤起她，她起身，月光照见她的双眸，照亮她衣袂上的金线。

杜丽娘怀着前世深情而来，逐步走向没落的书生。时间将她所熟知的事情改变，却不曾将她改变。

他不记得的，她全记得。三年的时光，窖藏了她的深情，由生到死的经历虽使她越发孤独无依，却不曾磨折她的信念。在日夜不停的怀想中，往事的每个细节都被放大，每一滴温存、每一丝甜蜜，都渗入生命中化作她坚持等待的力量。

无法忘却，三年前的那次游园是如何催燃了她的情思，使得她情难自抑，脱口埋怨上天："没乱里春情难遣，蓦地里怀人幽怨。则为俺生小婵娟，拣名门一例、一例里神仙眷。甚良缘，把青春抛的远！俺的睡情谁见？则索因循腼腆。想幽梦谁边，和春光暗流转？迁延，这衷怀那处言！淹煎，泼残生，除问天！"

话至此，悲愤的少女只差呼天抢地、怨造化弄人了。那看似无端的春闷难解幽思，丝丝缕缕纠结成茧，将她困在当中。

看似无稽，实则都有源头，都是起自于内心自我意识的萌动，对自由的渴求。

难过。不为别的，恰是为了日渐成熟，却无处安放的青春，难道要眼睁睁看它被斩首吊起风干？

不要！

她的想法简单而明确。我生得这般美好，一定要有个足够出色的男人来匹配，然而，若是囿于门当户对的成见，父母替我选择的男人，未必是我心许的，岂不是耽误我的青春、误了我的终身？我不愿被随意摆布。我想要的不单是肉体的自由，还有精神的自由。

早晨旖旎的梦还在脑海中徘徊，叫人回味。我盼望着每天晨晓醒来，第一眼就能看见我心爱的人。我们什么话也不用说，他正贴着我而眠，刚睡醒的我，羞涩地不敢朝他多看，缩在他怀里，娇慵地不能承受露水的重量。入睡时，我都能握住他的手，在睡着时，我确知第二天一定能见到他……

生出这样大胆的想法真叫人害羞，可这是我最真实的想法。那在我梦里隐约出现的人他究竟是谁呢？他会不会像春光一样消失无踪？梦中的他离我而去，我的衷情无人可懂，无处投递……我只能继续孤独地活在世上。

孤独的人是可耻的。

思虑太过，渐渐困倦。她满怀凄惨地睡去。

梦中竟出现一个少年，分花拂柳而来。

《牡丹亭》写梦是最美的，梦，缩短了天南海北的距离；梦，是素未谋面的男女相爱的纽带，成就他们的惊世姻缘。

真喜欢那样的梦，明明知道你已为我跋涉千里，可你就像刚好站在我面前一样自然，眉目相映，两心相通。那花园明明是自家的花园，此时它却陌生而美好，像我们都没去过的世外桃源。芳草鲜美，落英缤纷。

在桃源中相遇，略去了一切世俗的客套。那生稔熟地说："小姐，小姐！小生那一处不寻访小姐来，却在这里！恰好花园内，折得垂柳半折。姐姐，你既淹通诗书，可作诗以赏此柳枝乎？"

她觉得好生奇怪呀！"这生素昧生平，何因到此？"他与她这样招呼，这样相望，好像与她相识久远。莫非一日千年，她自山中出来，已不识世上人。她偷眼看他，恰好他也在看她。四目相对，一霎时她羞到脚软。

那生表白:"小姐,咱爱煞你哩!"

好直接的表白。奇怪的是,她一点也没有怪罪他的唐突,只觉得喜不自禁。心花一层层开出来,漫山遍野。她望着他,他就是这满园春色的化身,她心仪的少年,带着她从未领略过的春色呼啸而来。

无路可逃!无力抵挡! 他狡黠地仿佛能一眼看到她心里去,感受到她心里春潮暗涌,与他的呼应。

于是他笃定地伸出手去,发出邀请:"则为你如花美眷,似水流年,是答儿闲寻遍。在幽闺自怜。小姐,和你那答儿讲话去。"

他说,你正是我到处寻找的意中人,而你却在深闺里自伤自怜。小姐,今日有幸相见。让我们到那边说说话去吧。

他牵住她的衣袖,杜丽娘含羞带笑,迟疑不行。那生在她耳边甜言蜜语:"转过这芍药栏前,紧靠着湖山石边。和你把领扣松,衣带宽,袖梢儿揾着牙儿苫也,则待你忍耐温存一晌眠。"

他在明目张胆地引诱她,真是! 她望着他,卑微孱弱的,像与风求欢的花草一样，根本没有力气拒绝。只是欢喜，只是疑惑："是那处曾相见，相看俨然，早难道这好处相逢无一言？"

所有被浪费的时光都补偿给她了。狂喜和感激澎湃而来。她觉得生命才刚刚开始，跟着会有无限的惊喜。她要的都在前面等她。

"跟着我走，我带你去个好地方。"那生含情笑道，熟门熟路地抱着她转过芍药栏杆，就在湖山石边，为她宽衣解带。

她又惊又羞，又羞又喜。日复一日的渴望，早就将她鲜嫩的身体熬成一把干烈的柴，碰见他就无可遏制地燃烧。

他的手和嘴都不规矩，可她着了魔似的顺从。那双手像在探究着她内心的秘密一样摸索前进着，那种温柔的摩挲让她的五脏六腑都热了起来，任凭摆布。她仿佛知道他要做什么，脑筋发热迷糊，既害怕又期待。很快她就沉迷于欢情中不愿醒来，仿似捧出一生的热情那样谄媚地去迎合他。此前太过漫长的平淡的生活已经使她充满了不安的期待。当这炽热的爱终于来临，熊熊的欲火填补了她因为长时间的期待而空洞的心。

她感觉自己解开了身上厚厚的束缚。轻盈地投身到爱欲的波涛里。她深深地为自己的紧张和笨拙尴尬不安，幸好他的温存及时消解了她的不安。"你不要害怕，我会好好待你。"——她有幻觉，他笑容闪烁，像星辰魅惑人心，那么远，那么近。她感觉自己飞到天空中,他潮湿的声音还在她的耳边缠缠绕绕。

"我的身体里,原来也藏着一条蛇。"她随着蛇的蠕动而缩紧,呻吟越来越密集,那声音非常奇妙,她几乎不敢相信这是自己发出来的,在一浪一浪的叠高中。她紧紧地抓住他,确信自己抓住了心里的那尾鱼。是的,还有什么好害怕的呢!她像仰望星辰一样仰望他。他是世界上最温柔最完美的情人。

在激情的顶点,她陨落下来,像一颗哀艳的流星。"须作一生拌,尽君今日欢。"直到醒过来,她还残留着这样强烈的感觉。

云雨之后,她鬓散钗斜,那生对她殷勤眷恋,言语之间更是回味无穷:"这一霎天留人便,草藉花眠。小姐可好?则把云鬟点,红松翠偏。小姐休忘了呵,见了你紧相偎,慢厮连,恨不得肉儿般团成片也,逗的个日下胭脂雨上鲜。"

她破了处,殷殷的处女血玷污了花台,花神掩面。

她身子困倦难当,迷迷蒙蒙间听见他说:"姐姐,俺去了。"她心里一荡,无奈身子沉重,心神恍惚,挽留不住他。

他举步又回顾:"姐姐,你可十分将息,我再来瞧你那。"哎呀,真叫人面红耳赤啊！她已食髓知味,沉湎于这畅美的感觉！怎可能忘怀?

他们最激烈的交会是在梦中,此后一切的缠绵,只是梦中激情的延续。

他走了——她正欲挽留间,一片落花掉下来惊了好梦,睁眼却是母亲来了。

她隐秘地回味着,惆怅地应付着。

母亲并不凶恶,她甚至不怪罪女儿的怠慢,叮嘱了几句就离开了。

可能这叮嘱听起来更像唠叨吧,青春期的耳朵,格外嫌它干扰心境。"宛转随儿女,辛勤做老娘。"母亲叹息着走了——想来,古往今来,天下的母亲都一样,天下的女儿也一样。

心与心隔岸相对,母亲觉不出女儿心里的暗涌。听不到失眠的她,在夜里幽幽长叹:"天呵,有心情那梦儿还去不远。"

我最亲爱的你,何时开始,有了含苞待放的心思?

【五】

距离梦醒后的那次重游又是三年。已为艳鬼的杜丽娘,游走在自家的故园。此时,此地应该称为梅花观。梅花观的主持石道姑今日为她做了一场法事。

不知是法事成功地疏通了人情，贿赂了鬼神，还是杜丽娘的灾劫将满，她凑巧地回到了故园。

需要补叙的是杜丽娘这段时间的经历。地府人事变动，导致杜丽娘死后在地府里一直没被提审，直到上头新的人事安排决定由胡判官暂时代掌转轮王之印，她才被找出来安排后事（来生的事）。这么一耽误就是三年。

也亏得这么一耽误，才够柳生回家准备准备，磨蹭磨蹭，然后千里迢迢从岭南走到江西来。

审判时，杜丽娘以自身的奇情、父亲及未来老公的显赫，获得了判官的特赦，得到了一张通行证。据说这是有例可查的，可谁知道是不是徇私枉法，另有隐情呢？

杜丽娘在葬身之地徘徊，抬头望见月光如砒如霜。死了三年，这独特的经历所赋予的感受胜过她在生之时十多年寡淡的生活。每分每秒，她的主体意识和孤独感都被催生。到她遇到柳生时，这意识已经长成一棵参天大树，让她依靠。

她想起那次梦醒后，她再怀着思春的情结入梦，却再也回不到之前的梦境。

醒来无限失落，失落得就好像一座山在头顶轰然坍塌。她决意背着人再去一次后园。

天呵,昨日所梦,池亭俨然。只图旧梦重来,其奈新愁一段。寻思展转,竟夜无眠。咱待乘此空闲,背却春香,悄向花园寻看。

杜丽娘自以为行踪缜密,无人知晓。却不知不怀好意的春神早已在旁窥视多时,他展开光华灿烂的羽翼,笑看人间少女再次走入他的圈套。这自恋的少年,他热衷引诱,乐见世人深陷对他的迷恋中无法自拔。要世人为他伤感,为他牵情,他却始终高高在上,真真假假,若即若离。

那个梦开始起效果了。春天非常得意,脸上笑意未歇,心头又生新的调戏。偏偏叫你寻不见,让你空悬念。

杜丽娘哪里知道,她一心要去寻回旧梦:"一迳行来,喜的园门洞开,守花的都不在。则这残红满地呵!最撩人春色是今年。少甚么低就高来粉画垣,元来春心无处不飞悬。"

正喜间,被荼蘼绊了一下,春情满满的少女笑嗔:"睡荼蘼抓住裙衩线,恰便是花似人心好处牵。"独自重游故地,怀着甜蜜的幽情,她是那样兴奋,以至被花草绊了裙衩,却自认是花草有心前来追捧她的欢欣。

她边走边看,飞花流水,清冷的欢悦:"这一湾流水呵!为甚呵,玉真重溯武陵源？也则为水点花飞在眼前。是天公不费买花钱，则咱人心上有啼红怨。咳，辜负了春三二月天。"

　　正自陶醉，春香闯了来，她吃完早饭发现小姐不见了，一路寻来。

　　春香不解为什么昨天突然心意阑珊吵着要回房的是她，今天一大早偷偷摸摸一个人在园子里乱逛的也是她。

　　丽娘不喜她打扰，打发她走开，自己又向园林深入走去。痴迷的少女执意要寻回隐秘的美梦。

　　那一答可是湖山石边，这一答似牡丹亭畔。嵌雕阑芍药芽儿浅，一丝丝垂杨线，一丢丢榆荚钱。线儿春甚金钱吊转！

　　终于，杜丽娘走入梦中重要场景——牡丹亭畔的湖山石边。这是她记忆鲜明、最可确认的地方。可她看到的依然是似是而非的园林。每走到一处都感觉似曾相识，处处都有与"他"共处的气息，仔细追寻又发现和梦境不大吻合。她也一点点由兴奋变得失落，直至失魂落魄。

　　她迷惘得如同被人有意遗弃在街头的小孩，哀伤地到处寻觅："咳，寻来寻去，都不见了。牡丹亭，芍药阑，怎生这般凄凉冷落，杳无人迹？好不伤心也！"

　　情绪飘零，她不愿相信一切只是梦，只是一场戏，而自己只是个临时演员。

　　她唯一找到的寄托是那株梅树。它在那里生根发芽，结子成荫，不知为谁做一生一世的守望。这坚定如她一般，她爱煞它暗香清远，果实累累青圆，引它为精神伴侣，又羡慕它已结子殷殷，而自己一片深情，飘萍无寄。

　　细思来只觉人不如树，她跪倚在梅树下哭软，对着梅树交付深情："罢了，这梅树依依可人，我杜丽娘若死后，得葬于此，幸矣。"

　　二次游园的杜丽娘再世为人。她遇见了爱情，从此她的人生有了新的意义，她的感官亦发生了变化——她再看亭台花草，已是怀着铭心刻骨、无可言喻的惆怅。在梦里，是它们见证了她绚烂的爱情。现在也只有它们懂得她的喜乐悲哀。她将全部感情付与了那梦中的男子，醒来却依旧形影相吊。

　　少女几乎被爱情突然降临的美好和遽然离去的残酷，撕扯到人格分裂不能再活，便生出无穷尽的愁绪酸楚来：

　　偶然间心似缱，梅树边。这般花花草草由人恋，生生死死随人愿,便酸酸楚楚无人怨。待打并香魂一片,阴雨梅天,守的个梅根相见。

情不知所起,一往而深。杜丽娘从此茶饭不思——既然已经遇见了爱情,若不容再见,又何恋此无趣之生?

一遇柳郎,丽娘便注定不能再活。

每一朵花都有自己盛开的痕迹。梦却像大雾一样散去,只留下茫然的露滴。

【六】

"是耶非耶?"面对面目全非的世界,十六岁的少女心思却向着圣哲靠近。她必须反复拷问自己:究竟我的梦是梦,还是我现在的生活是梦?我通过那个梦走进的是自己真实的内心么?如果那是假的,为什么在梦里,我遇的人,做的事,我的想法行为都前所未有地真切?我感受到随之而生的自由和快乐是如此真实?

——如果梦中的我才是真正的我,如果梦中的世界才是符合我要求的世界,我情愿活在梦里永不醒来!我为什么要醒来?

——已经见过光明的人,如何能够甘心自缚于黑暗?她开始茶饭不思,渐渐忧郁成疾,直到病骨支离。

她渐渐在五脏六腑中吐丝结网,一任生活荒废到底。

她坚决地作茧自缚！在茫茫人海寻找灵魂的唯一知己，得之我幸，不得我命。

外表柔弱的杜丽娘是狠绝的！对自己，对现实世界不满意！我要绝灭了这皮囊来摆脱现实对我的控制。

一念生病，一病数月，绵延到中秋，那夜偏偏冻雨敲窗。她也病到必须由春香搀扶才能勉强行走的地步。

她望月长叹，心心念念仍是将置她于死地的春梦："拜月堂空，行云径拥。骨冷怕成秋梦。世间何物似情浓？整一片断魂心痛。枕函敲破漏声残，似醉如呆死不难。一段暗香迷夜雨，十分清瘦怯秋寒。"

这样的语气，轻易让我联想起黛玉在潇湘馆长夜无眠、独对青灯时写下的那些泪渍不干的诗句。不单是意境，连心境都十分相似。也怪不得黛玉初听见丽娘的感慨时，会一时心荡神摇、立不住脚，一蹲身在石头上坐了，回味无穷。

两位幽艳的才女，有着一样幽艳的青春，一样婉转难言的心思，连致死的原因都相同。可是黛玉，她身边还有个知情识意的宝玉守在身边，时时刻刻生怕怠慢了。彼时的丽娘呢，只能对着心里面那面镜子顾影自怜，自残式地思念那一梦无踪的情人。

如果丽娘不复生，她无疑比黛玉更悲惨。

这一年中秋无月，连春香都知道不祥，敏感聪颖如丽娘，怎能没有死亡将至的预感？面对强颜欢笑安慰自己的小丫头，她垂泪叹道："奴命不中孤月照，残生今夜雨中休。"

诀别就在今夜！她给自己下了断语。那还有什么可说的！扁鹊在世也架不住她一心求死。

推窗望去，外面只有绵绵阴雨。今宵不可能再出现秋月，如她不可能再出现的情人。

想到他，又是一阵锥心痛："海天悠、问冰蟾何处涌？玉杵秋空，凭谁窃药把嫦娥奉？甚西风吹梦无踪！人去难逢，须不是神挑鬼弄。在眉峰，心坎里别是一般疼痛。"

她句句问月，也句句问人：你就像那月亮一样消失无踪，我也就失去了方向。没有玉兔捣药，吴刚伐树，谁来陪伴寂寞的嫦娥呢？（没有你，谁来陪伴我呢？）要怎样绝情的西风才忍心吹散人间的美梦啊！我和你再也不能重逢，难道暗中有神鬼将你我拨弄。（与你相恋，爱便已成为我心头死结），想到你，我心头就涌起无尽的酸楚。

让我们相爱，否则死。

春香望着她因爱而激越明艳的脸，她不能将这样动人的美和回光返照这样哀戚的词联系起来。但她眼睁睁看着杜丽娘断了气——她抛却了这个束缚她的尘世、禁锢她的皮囊,心有不甘,如愿以偿地死去了。

就让我将生埋下,将身后的风与暮色埋下。把梦窖藏,等来日与你重逢时同享。

【七】

时光像生锈的斧子,钝拙地雕琢着人世,遗下似曾相识的痕迹供人凭吊。只有死去的人还记得月光黯然凋谢的地方,盛开过撩人的艳遇。生的人,早已远离此地。

生命是深秋桂子,跌落了,才暗香迷离。男子深情呼唤穿越生死的藩篱。四周是陈旧的张望,丽娘心有所感:"是那个少年,我朝思暮想的人。"命运安排她,死后再遇柳郎。

她听见他呼唤。一声声,牵动她心肠,她身不由己地走向他住的厢房。这是没办法的事,她是他的卫星,死了也得围着他转。

她看见熟睡的他,甜美而脆弱,她像跋涉万里的海鸟,找到了栖息之地,恨不得降落下去。不能,不能靠近,现在还不能。她压抑着自己,克制自己亲近他的欲望。"我会惊着他。"她用这个理由勉强勒住自己万马奔腾的心,悄悄退出。

那故事里的小男生总是天真。

某位女鬼或女妖看中了某位流年不利的俊俏小书生时,都会以我爱慕你丰神俊雅为由，半夜三更前来搭讪。

这其中可能有一两个不解风情，或生性警惕的，会将来历不明的美人拒之门外。却从未见那个男人对这投怀送抱的理由本身表示过怀疑，仿佛美女们投怀送抱再正常不过。面对突如其来的艳遇，男人要做到不是辨别事情的真伪，而是选择要或不要。

是否男人都自我感觉非常良好，尤其是那些怀才不遇、未曾发迹的？总以为自己是个人物，将来必定前途无量。哪怕现时他正霉到发黑，眼见就要饿死街头。

可爱的柳生正是如此。

且看那夜杜丽娘是如何自报家门："若问俺妆台何处也，不远哩，刚则在宋玉东邻第几家。"

柳生还好认真地想了想，结果点头："是了。曾后花园转西，夕阳时节，见小娘子走动哩。"

呵呵，老实人果然好骗，丽娘暗喜，含笑道："便是了。"

柳生还是保持了警惕，继续盘问道："家下有谁？"

丽娘做了鬼之后，EQ急剧提升，谎话编得似模似样，她道自己：

"斜阳外,芳草涯,再无人有伶仃的爹妈。奴年二八,没包弹风藏叶里花。为春归惹动嗟呀,瞥见你风神俊雅。无他,待和你翦烛临风,西窗闲话。"

柳生闻言迅速坦然了,紧跟着心下一阵嘀咕:"奇哉,奇哉,人间有此艳色!夜半无故而遇明月之珠,怎生发付!"瞧瞧!他亦是毫不怀疑人家投怀送抱的理由,想到的是——咳……俺该怎么处理这个艳遇哩!

似乎所有的幽媾都带着幻觉的意味——少女从坟墓中起身,以自己的魂灵和爱人交媾,像露水一样晶莹剔透,不堪颠簸。

丽娘提出夜来朝去、请君勿送的要求。柳生自然言听计从。两人开始了鬼混,真正的鬼混,他们越来越忘乎所以,行迹昭彰。动静大到让旁人起疑。石道姑某夜闯进屋子来搜查,她当然不可能发现什么,但这一场虚惊却促使杜丽娘警醒,必须尽快告诉柳生自己为他而死,现在是幽魂前来与郎相会的事实。

奴家虽登鬼录,未损人身。阳禄将回,阴数已尽。前日为柳郎而死,今日为柳郎而生。夫妇分缘,去来明白。今宵不说,只管人鬼混缠到甚时节?只怕说时柳郎那一惊呵,也避不得了。正是:"夜传人鬼三分话,早定夫妻百岁恩。"

夜半悄然而来的杜丽娘在柳生的房间里等待着,她今夜将面临二次审判。这次审判关系到她是否能重回人间,可以想见。她的心情不会比当初在阎罗殿上轻松,虽然她早知自己和柳生有姻缘之分。

万一她看走了眼,万一柳生是个不值得托付的男人,万一柳生因害怕而嫌弃她?哪怕有一个万一,她将再次身死九泉,万劫不复。

柳生回来了,看到几天没来的美人重新光临,异常地高兴。两人亲亲热热挨在一起说话,内心早有计较的丽娘有意以一首诗引起话题,委婉地表达了自己欲托终生的想法。柳生自然愿意娶她为妻,丽娘盘过他家世心思,便要他盟誓,他倒身下拜,祝告上苍:"口不心齐,寿随香灭。"

杜丽娘终于松了口气。这第二回合的审判以柳生对她的深情胜出。

她垂泪道明自己前因。墙上悬挂的春容正是她的倒影。时光像潮水一样回溯,将她带回那段异常煎熬的日子。她在病况还不是非常坏的时候,对着镜子为自己描画春容。那时节,她相思才种,还有些许精力把自己煎熬。

春归恁寒峭,都来几日意懒心乔,竟妆成熏香独坐无聊。逍遥,怎划尽助愁芳草,甚法儿点活心苗!真情强笑为谁娇?泪花儿打迸着梦魂飘。

　　这自白就是她当时生活的写照。每日妆成,只得斜倚着熏笼闷坐。是悠闲也是无聊。

　　古时熏被的熏笼是特制的,很小巧干净,可以摆在床上,她可能每天也不大活动,刻意地想睡着重回那个梦中。你可以想象她像只猫一样一天到晚无精打采缩在被子里的模样,倚着小熏笼,也不爱说话,时不时地长吁短叹珠泪偷弹。

　　她的一腔怨艾,在深深的庭院,清冷开放,幽深而感伤;那脉脉的期待,洇漫在辰光中,显得迷惘而无奈。

　　试问,她这样不正常如何能瞒得了人呢?春香很快发现了小姐不对劲,并不像一时情绪落寞很快好转,她不免怀疑着急:"断肠春色在眉弯,倩谁临远山?"

　　在古人频繁的形容中,相思病患者不论男女,症状一律是神情懒散,魂不守舍,饮食顿减,日渐消瘦。古人说,为伊消得人憔悴。这杜丽娘更是其中翘楚,据春香观察,短短几日间,她已经瘦得快脱了形!

"再愁烦,十分容貌怕不上九分瞧。"春香对她说,她本希望以此话来打动她注意身体,不料引出杜丽娘自绘春容一事。

杜丽娘听说自己容貌损毁,果然很上心,急忙命春香取过镜子,一照之下,先惊后悲。她委实不负自己"一生爱好是天然"(从小爱美)的评价,立刻想到的是:"哎也,俺往日艳冶轻盈,奈何一瘦至此! 若不趁此时自行描画,流在人间,一旦无常,谁知西蜀杜丽娘有如此之美貌乎! 春香,取素绢、丹青,看我描画。"

即使是知道杜丽娘将会病亡,这句话仍让我看戏时笑场。这姑娘画饼充饥的劲头真足,叫人不得不服,堪为天下自恋者的榜样!

这幅三年后流落在柳梦梅手里叫他魂牵梦萦的春容到底是个什么样呢? 且看她施墨画来:"轻绡,把镜儿擘掠。笔花尖淡扫轻描。影儿呵,和你细评度:你腮斗儿恁喜谑,则待注樱桃,染柳条,渲云鬟烟霭飘萧;眉梢青未了,个中人全在秋波妙,可可的淡春山钿翠小。"

她慢慢将自己画出,只见画中人春腮带笑,眉目含情。梨涡浅浅,乌发如云。

为减她忧闷,春香在旁凑趣提议:"宜笑,淡东风立细腰,又似被春愁著。"小姐啊，假如画中的你脸上有点略带忧郁的笑容就更动人了。

此言正合她心意，不单如此，杜丽娘还有意制造一些情境来烘托自己的优雅风姿："谢半点江山，三分门户，一种人才，小小行乐，捻青梅闲厮调。倚湖山梦晓，对垂杨风袅。忒苗条，斜添他几叶翠芭蕉。"

她用心制造了一种诗情画意，在湖旁石畔，芭蕉掩映，远远的柳色如烟，她手捻青梅，楚楚而立，似迎似送。眉目艳皎月，一笑倾城欢。这样婀娜多姿的美人，怎叫柳生不误以为是神仙姐姐，对她爱慕如狂呢！

【八】

三年后，柳生惊于她的美艳，却不知她当日苦况。

径曲梦回人杳，闺深珮冷魂销。似雾濛花，如云漏月，一点幽情动早。

她是惶惑无助的，她的悲剧正因为她相信了爱情，可爱情是心里的朦胧天光，睁眼望去，四周依然黑得不见五指，恍惚间又以为自己看错了。

天还没亮——杜丽娘醒得早了！

绝望到底，她终于鼓足勇气吐露隐情："春香，咱不瞒你，花园游玩之时，咱也有个人儿。"

话虽如此，那良人一去无踪。春晓梦回，她又只能独立小庭深院。孤独碾压着她柔弱的肩膀。她必须重新面对排山倒海的寂寞。她无法表达，也不可奢望别人理解她的痛苦和渴望。她甚至无法对自己有一个交代，那仅仅是一个突如其来的梦。

——她被魇住了，挣不脱梦的控制，像被一个恶灵拉着坠入深渊，明知是死，却心花怒放。

她像一只哀艳的风筝，悲哀又欣喜地发现，自己全部的动向掌握在一个未知的男人手里。他决定她的去留，上升或下降。

柳生果然是至情至性，见小姐是为他而死，便是怕也不怕了！走上前来将她扶起，道："你是俺妻，俺也不害怕了。难道便请起你来？怕似水中捞月，空里拈花。"

一句真诚不加修饰的话，让之前所有的山盟海誓落到实处。丽娘喜他心诚，嘱咐他去找石道姑帮忙。且喜石道姑热心明理，乐见有情人成眷属,出手义助柳生。

故事朝着最壮烈、最平淡的方向发展——柳生有情,毅然开棺,丽娘复生。这曲折的故事内在有着最简白的原因:他们只是简单到义无反顾,凭着各自的痴情和执著,合力冲破了生死的禁制。

但是相思莫相负,牡丹亭上三生路。

"我爱你。"很多人会说。可是因为我爱你,就要为你无条件地付出,对不起,容我三思再三思。

杜丽娘是遗世独立的女子,柳梦梅何尝不是举世罕见的男人?他比杜丽娘更贴近世俗,所以他的品行更值得大书特书。相思容易,不相负却难。

在拾到杜丽娘的画像之前,他并不知道天下有这样一个女子,在杜丽娘吐露真情还阳之前,他从未接触过她的实体。但他居然那样干脆彻底地爱上了一个女子的灵魂,为她甘犯律法(剧中言明,私自挖坟开棺的罪行很重)。且不说挖开坟墓面对一具尸体需要多大胆量。现实中,他有可能马上因此赔上自己的性命前程。但他却义无反顾地做了,没有任何力量可以阻止他的爱,现在情况翻转过来,杜丽娘成为他的追求、他的梦。他可以为她义无反顾,哪怕是付出生命。

烽烟燃起,当他远赴淮扬相助岳丈抵御外敌,却被杜丽娘之父拒之门外,而后又被杜宝责难严刑拷打时,他也没有抱怨过。孱弱的书生重刑之下犹自慷慨陈词,连说了十个"我为他"以明心迹:生员为小姐费心，除了天知地知，陈最良那得知！我为他礼春容、叫的凶，我为他展幽期、耽怕恐，我为他点神香、开墓封，我为他唾灵丹、活心孔，我为他偎熨的体酥融，我为他洗发的神清莹，我为他度情肠、款款通，我为他启玉肱、轻轻送，我为他软温香、把阳气攻，我为他抢性命、把阴程逭。神通，医的他女孩儿能活动。通也么通，到如今风月两无功。

虽然这书生，生活里也有软弱无能贪欢溺爱的时候，但他本质上是无欲则刚的。他并不怕岳父的刁难阻挠，他也不怕面对君王的诘问，丢官罢职，他甚至无惧举世的质疑和反对——和一个"来历不明的死人"在一起。他本就相信爱不被摧毁，不被折辱。杜丽娘死而复生的深情经历更让他坚信坚贞的爱情，强大到可以对抗一切。

在他们的心里，都有个未曾明言却暗自坚持的信念：不相负，不该只是花前月下两人之间的甜蜜誓约，如午夜的优昙，偷偷地幽艳，不能见日光。它更该是并肩对抗危险威胁的坚定，青天白日，星月朗朗，哪怕眼下就有灭顶之灾。

只有抵御住现实的冲击，爱情才能茁壮强大。受不住的，终会烟散云消。

有生之年，我们都期待与真心人狭路相逢，不要幸免。就是要我为你孤注一掷，义无反顾，让我为你粉身碎骨。

《长生殿》

万里何愁南共北，两心那论生和死。

　　游吟的诗人李暮，在落花的江南，遇见了李龟年老人。春深的江南，乍一曲李龟年的旧歌，依稀盛时管弦。听他唱着：开元的盛世孵出了一只凶年。长生殿的恩爱孕育着马嵬坡的凄凉。自私在紧要关口反噬一口。虚构的地久天长顷刻崩猝。苦雨里，腐烂的草化成萤，带着她的怨念闪烁。一夜老去的上皇在剑阁听雨，凄不胜凄。

　　他爱她，甚至认为他们的爱会天长地久。可天长地久的爱情，会随死亡而结束，还是会随着死亡延续下去呢？

——题记

【一】

很久以前，在没有看过《长生殿》的文本之前，我对它存有一种难言的景仰和向往。那是隔山隔水的遥思,仅从只言片语的华丽、评论者的推崇和赞誉里自行拼凑,得出的印象。

可是,当我有一天读完《长生殿》和《梧桐雨》时,我出离愤怒了!

不管是洪升还是白朴,都是没见过世面、仅凭自己的清寒品味就去意淫天家富贵的穷酸,就算像妖怪对唐僧那样,把他净饿三四天,清了肚肠,切片涮肉,端上桌来你依然得感慨那股酸臭味的顽固,简直噬魂附骨,至死不渝。

白朴且不提,洪升像谁呢? 他让我想起高鹗,明明前人已跨鹤高飞,留一片青空自在,惹人怀想,他偏要站在地上絮絮叨叨,故意炫耀;可是,偏偏是他,拿着免死金牌,穿着黄马褂。

关于李杨的爱情,白居易表现得多好啊! 精准节制——他只是引领你到此,让你对着残阳下的残垣自思自想。他不做导游,他不解说,解说势必要附会,他不评论,评论就有个人的观念掺杂。他所做的只是讲述,讲述的同时也是留白,要让你有自行想象的余地。

白居易也是一个热衷于表达自我的人,但在《长恨歌》里,他节制了自己的表达。他写《长恨歌》时,所逝不远,怀念总是有凭的,那消逝的大唐盛世啊,我来祭你,说什么呢? 我对你的追思,涌到了唇边,又遽然退回到我心深处。最深的怀念叫千言万语都化作虚无。

对前朝最深的哀思、最浓烈的感情流露在笔端,一曲艳歌里见着日新月异、时代更迭,洪升与此早隔了万水千山。清朝人写唐朝事,连遗迹也没有了,只能拾起唐人诗词里的那些琼屑,缝缝补补。

　　康熙喜欢听昆曲。他喜欢《长生殿》，经常看连本大戏而不厌倦。皇帝的意志影响着潮流的演进，主流文化如此，当时的大众追捧不迭，哪有人敢质疑皇帝的品味？当大家都众口一词、方向一致时，提出与之相悖的观点，必然遭致冷落、讨伐，甚至严惩。被大众舍弃或舍弃大众，都会背负孤独，成为其他人眼中的异类。

　　一个人能够坚持内心的不顺服比顺服更艰难。

　　就算今日，大众仍难摆脱这种望尘下拜的媚俗心态，随便哪个名人冒出来忽悠几句尚且有广告效应，何况康熙这么有品味有修养的历史名人？他早已不是有名而是权威了。我当初可不是受了影响？心想康熙说好的话，应该不会差吧，那我也要看看。

　　公平地说，《长生殿》的《传概》写得真不错，令人读来振奋不已："今古情场，问谁个真心到底？但果有精诚不散，终成连理。万里何愁南共北，两心那论生和死。笑人间儿女怅缘悭，无情耳。感金石，回天地。昭白日，垂青史。看臣忠子孝，总由情至。先圣不曾删《郑》《卫》，吾侪取义翻宫、徵。借太真外传谱新词，情而已。"

　　这段话真是清洁有力，能够感觉到，洪升提笔写下这段话时，他胸中激荡着不平之气，不吐不快。好像一个人行走江湖，意气激扬，剑做龙吟，绝不能掉头走开，置之不理。

　　他说：今古情场，有谁能够真心到底？如果真有精诚不散的，最终必定结成连理。万里何愁南共北,两心那论生和死。笑人间儿女怅缘悭,无情耳。

"笑人间儿女怅缘悭,无情耳。"说得多么透彻！我们别忙着感慨情深缘浅不得已,别支支吾吾给自己找一大堆理由,以期减轻自己道德上的负罪感,人先要学习对自己诚实,再来学习感情。我不够爱你,就是不够爱你,这没什么好推搪的。感情本不是滴水之恩,涌泉相报的事情。我不爱你,也无须内疚,忙着用锢水给自己消毒。

缘悭并非天作弄。说到底还是无情。有情的话,真的应了那句:"万里何愁南共北,两心那论生和死。"不说远的,就说《牡丹亭》里的杜柳二人,还没见面,杜丽娘就为他害相思死了,两人不单隔了千山万水,还隔了生死,凭着坚定的信念依然走到了一起。

柳梦梅选择相信杜丽娘,为一个死人开棺,单凭这份胆气就是人中龙凤了。说实话,就算她死而复生,与活人无异,午夜梦回,想起身边睡着的人曾是死过的,在土里埋了三年,谁能没有一点心理阴影？柳梦梅就能没有这样的顾虑。也只有这样赤诚的情种,才担得起杜丽娘无怨无悔。

天宝明皇,玉环妃子,宿缘正当。自华清赐浴,初承恩泽,长生乞巧,永订盟香。妙舞新成,清歌未了,鼙鼓喧阗起范阳。马嵬驿,六军不发,断送红妆。西川巡幸堪伤,奈地下人间两渺茫。幸游魂悔罪,已登仙籍,回銮改葬,只剩香囊。证合天孙,情传羽客,钿盒金钗重寄将。月宫会，霓裳遗事，流播词场。

他这个概括写得真不赖，一看就是出自《长恨歌》，剧情都不改。却也难怪，《长恨歌》和《长生殿》的关系，就像是原著和剧本的关系。原著一旦太经典，剧本就只在旁枝末节上做一些丰富渲染。仿佛只能为之着色上妆，实在难以有本质的超越突破。

洪升是聪明人，懂得借助昆曲美好讨巧的形式，将诗词敷衍成戏文，让潜在的七情六欲迸溅而出，化为奔流。形式的通俗，更利于故事的流传，最终却不免流于艳俗。

他用了浓艳的笔墨来铺陈杨妃如何受宠。虚构了定情夜两人欢宴的场景，不幸是虚构得很拙劣，把明皇和杨妃的恩爱扭曲成暗藏心机的应酬，看上去像是两人无所事事坐在那里互相吹捧，肉麻足了，唯独不见真心。

（生）寰区万里，遍徵求窈窕，谁堪领袖嫔墙？佳丽今朝，天付与，端的绝世无双。思想，擅宠瑶宫，褒封玉册，三千粉黛总甘让。

（旦）蒙奖。沉吟半晌，怕庸姿下体，不堪陪从椒房。受宠承恩，一霎里身判人间天上。须仿，冯媛当熊，班姬辞辇，永持彤管侍君傍。

言辞媚俗寡淡且不说，关键在于，李隆基不会这么说话，杨玉环也不会。真正有身份的人内心敛默，绝不会这么表白，他们倾向于不表白。洪升将李隆基和杨玉环都写得乡气,把花好月圆的简静写得窘迫不洁。就像现在的古装言情剧,写古代人的生活,却只是让一个人穿了古装,思维是现代的,语言行事都是现代的,处处显着生硬、别扭、滑稽。

【二】

且看白居易如何写杨妃得宠和唐宫里其他美人红颜失色的惨况。他只用了"三千宠爱在一身,六宫粉黛无颜色"一句,漫不经心的惨烈。

"无颜色"三字真精简到让人失语,美人们容颜惨淡的样子如在眼前。"在一身"和"无颜色",对比得果断! 写韶华极盛。写寂寞颓败深到见骨,却只不过用了六个字。这需要何等的节制。

铺陈隐藏着心虚,一个人若是辞费滔滔,恰是在害怕自己表达不够准确,需要左拉右扯来掩饰。节制正是源于对才气的自信自足,知道从何下手,切中要害。

白居易与洪升着力点不同,他与盛世擦肩而过,还来得及感知盛世坍塌的惨烈惊心。他站在废墟上惊觉:霓裳羽衣曲的繁华只是黄粱梦的引子,渔阳鼙鼓动地来,大乱起,翻天覆地,流离失所才是重头戏。所有沉于安乐的人都被卷入这场浩劫里,化作劫灰。大唐第一美人繁花似锦的生命,将在三十八岁那年终结。

长生殿言犹在耳，马嵬坡近在眼前。马嵬坡的兵乱将断送长生殿里的誓言，将他们推送到生死的垭口。有情或无情，不容诡辩！

请原谅我略去《长生殿》里所有关于李杨恩爱的描写。历史上的杨妃和明皇绝不应像戏里描写的这样生活。他们的生活，更像李白诗写的那样，时而明媚，"宫花争笑日，池草暗生春"。时而空虚，惆怅，"只愁歌舞散，化作彩云飞"。

他们的忧伤是隐秘的，不可轻易示人。欢娱掩住的是寂寞，不是窘促。

忍不住要提到《惊变》，《长生殿》转折性的一出，写醉生梦死的李隆基得知安禄山叛变后的惊慌失措。这本没错，可笑的是，洪升对皇帝闻变后的一段心理描写：

寡人不幸，遭此播迁，累他玉貌花容，驱驰道路。好不痛心也！在深宫兀自娇慵惯，怎样支吾蜀道难！我那妃子呵，愁杀你玉软花柔要将途路趱。

李隆基是一国之君，就算他耽于安乐，他依然是一个有韬略有决断的政治家。李隆基的失策源于麻痹大意！他为皇近三十年，自命是继承太宗皇帝的英主。看着大唐帝国犹如意气风发的男子，前途坦荡光明，因此松懈了。

但他不昏聩，性格也绝不懦弱。就算雄心尽丧也不至如此。

我猜测到洪升仕途坎坷的原因了。试想康熙看到这里，他一定会觉得书生就是书生，滑稽浅薄，莫名其妙。他那样深不可测的男人，会一眼看穿洪升的浅薄，没有洞察力，这样的人不适合当官。他还是写写他的戏文，继续做个好编剧吧。

我想，康熙欣赏《长生殿》，是因为他对帝心的复杂狡诡感同身受，他比其他人更明白何谓孤独，更了解一个政治人物失去权力后下场的凄惨，他需要通过听戏的消遣来提醒自己权不可失、盛世易衰的道理。

还是直接来看李杨的诀别。这是洪升入戏的地方，前面费力的铺陈，只为引领他自己写出这里的残酷。

兵乱从天而降。

玉环不知道动乱起了，一觉起来世界都变了，变故太大来不及反应，惘惘茫茫随他上车奔蜀地而去。在上车的时候，她回望宫阙，想起当年和他吵架离宫。她不知道，这次是永无归期。

他和她，还未从奔波的慌乱中醒过神来，更凶险的事情已迫在眉睫。午饭的时候，军中哗变，先是杀了杨国忠，而后又来逼驾，叫他处死贵妃。

皇帝面对凶兵，无力弹压。虽然他一再坚称杨国忠谋反，贵妃在宫中一无所知，但军士不依，他们也怕。李隆基久居帝位积累的声威使军将们心存忌惮。年轻时诛韦后、杀太平，他曾是如此果决心狠手辣之人。臣子们心里，倘留贵妃在皇帝身边，等到回銮秋后算账,贵妃的枕头风一吹,在场哪一个能逃掉? 所以务必斩草除根。

面对臣下的进逼,李隆基惊怒交加——他敏锐地觉察出冒犯贵妃背后潜伏着的更大危险,他们敢把矛头指向贵妃,预示着他已经失去了权力。他们敢逼死贵妃,弑君也许是转念之间。

李隆基清醒地意识到这点微妙。他不敢激怒军士,转而抱住她哭,无计可施:"魂飞颤,泪交加。堂堂天子贵,不及莫愁家。难道把恩和义,霎时抛下!"

人都是惧死的,杨玉环哭倒在他怀里。她希望他能解救她! 只有他能解救她,他是让她生还的唯一指望! 此时她好比挂在悬崖边,与这尘世的牵连只有他的手,如果他也松开,她就掉下去粉身碎骨了。

哥哥被诛,妹妹被杀。她已是孑然一身,能依靠的——只有眼前身为她丈夫的人了!

他一直是至高无上的,她相信只要他愿意,他做得到。

"三郎,我能依靠的,只有你了!"她这样想,却不能这样说,她希望他能自己意识到,坚守住长生殿里的誓言。

富贵显荣都是空,生死关头,她卑微如蝼蚁,只能寄望于男人的一念之仁。而她男人的生死,同样系于别人的一念之间。

他犹疑作难的态度,让她清醒。

誓言在紧要关头逃逸了——不知所终。恩爱的疏浅,夫妻之情的薄弱，像断枝不能依附，她只有凄然零落。那么，为它保住最后的一口气，她不忍看它现出本相。就让她自欺，到死，还对他抱有一丝的幻想。

形势已经危急到容不得她多哭的地步，他的龟缩，让她看出自己了无生望。也许再耽搁一会儿，乱兵就要来拉开她，将她杀死，继而牵连到他。

想到他——保全他——她坚定了自己的想法，紧紧抱住了他，克制住自己的惊悲，悲怆地说出："臣妾受皇上深恩，杀身难报。今事势危急，望赐自尽，以定军心。陛下得安稳至蜀，妾虽死犹生也。算将来无计解军哗，残生愿甘罢，残生愿甘罢！"

他是舍不得的，他真舍不得！十几年的夫妻情分。他紧紧回抱她，眼泪淹过她的脸："妃子说那里话！你若捐生，朕虽有九重之尊，四海之富，要他则甚！宁可国破家亡，决不肯抛舍你也！任谨哗，我一谜妆聋哑，总是朕差。现放着一朵娇花，怎忍见风雨摧残，断送天涯。若是再禁加，拚代你陨黄沙。"

他，是绝不想和她分开的！他想过拖延。英明如他，现在也说出装聋作哑这样的话。看了真叫人心凉。他怎么刹那之间就落魄如此！

他，甚至有冲动和她死在一起，就此做一对同命鸳鸯。

可惜,他始终做不到!捂得死紧也要冒出来——人的自私。一个英勇的念头过后,有无数念头跟过来——人世间有太多值得他留恋的东西,有比杨玉环更值得他留恋的东西,比如权力。他不是天生的情种,他是天生的政治家,形势危急,本能会教他权衡利弊。

现在掂量出来了,他必须承认,他对她的爱是真的,但那是有底线的,他与权力的结合才是灵肉相契至死不渝的。宁愿失去她,也不可失去它。

她何尝是甘心的?但为了保全他,她决意赴死了!她定了定神,凄惶而坚定地开口:"陛下虽则恩深,但事已至此,无路求生。若再留恋,倘玉石俱焚,益增妾罪。望陛下舍妾之身,以保宗社。"

这是杨玉环聪明的地方,她不能有负大唐贵妃的身份,叫人看了笑话去。她不能赖着不死。他给予她太多的恩宠,现在到了收取回报的时候。他能说出"拚代你陨黄沙",已经是很见真情了,她该满足,不能奢求太多。

这也是李隆基聪明的地方,他要让这个女人心甘情愿地为他去死,死而无悔。他不要落个逼死女人顶罪的恶名。

也许我不该这样去质疑他们的感情,但我觉得,生死关头,要不就仓促地什么都来不及想,要不就神智清明,心念电转,一瞬间洞悉一切。知与不知,本来就是一线之隔。

杨妃的清醒和大义，令旁观者也落泪。但固有的观念让他们习惯保全皇帝，从古至今没有为了保全妃子、连累皇帝的理。忠心耿耿的高力士在旁就势规劝："娘娘既慷慨捐生，望万岁爷以社稷为重，勉强割恩罢。"

瞧瞧，自然有人来帮他搭好台阶。李隆基虽然泣不成声肝肠寸断心乱如麻，依然明白地做出了割舍："罢罢，妃子既执意如此，朕也做不得主了。高力士，只得但、但凭娘娘罢！"

虽然我理解李隆基，可这句话真叫人生气，齿冷。什么叫"执意如此"，但凡有一线生机，她愿意去死么？什么又叫"做不得主"，他平时的决断都到哪儿去了？生死之事，岂能"但凭"！说到底，他只是不想被连累。

他怕死！

她苍凉地看了他一眼。死别了，三郎！

【三】

男人的爱总是有所保留，自私是他们的本性。不要对他们心存奢望。越是尊崇显贵的男人，自保的意识越是强烈，危难关头越是靠不住。不要指望他们挺身而出。

他们能给予的只是不伤筋不动骨的物质享受,将你裹挟,让你退化到不能独立行走的地步,供他把玩。千祈别生变,一有变动,他们会第一时间弃你而去。你好像一只被丢得远远的名贵包包,用来转移劫匪的注意力,为他争取逃脱的时间。

不可否认,抛妻弃子的多是富贵中人或是正追逐富贵的人。他们会找出无数的证据来证明他的存在的意义是如何重大。因此别人的牺牲也是必要的。一切,应了"可共富贵不可共患难"的古话。

平庸的男人也有抛妻弃子的,不过概率相应要小得多,他自己也跳不出那个圈,一样的萝卜不过换个筐装,你在旁边看着,心理也不会太不平衡,再找一个可能还不如我呢,随你折腾吧。

自私是人的天性,差别仅在于自私的程度。当一个人富有四海时,舍弃起来反不如一个凡夫痛快。你看韩凭、焦仲卿、梁山伯,他们都没什么用,也不是富贵的男子,他们也有自私懦弱的时候,但最后关头他们把持住了,对爱的付出是倾其所有的。

白练绕颈时,她想起之前所有的繁华和盛大。呵!原是为了今日的凄惶陪葬!她想起流传久远的那句嫉妒她的话——三千宠爱在一身。若然,当三千的悲怨也在一身时,还会有人羡慕吗?

她被缢杀了!

人生在乱世,要比死在乱世好。生在乱世,对自己的死早已有了准备,死在乱世,措手不及,是个一点都不好笑的玩笑。

马嵬坡的动乱算是被遏制了，皇帝的车驾入了西川，宿在剑阁。

直到这一夜，洪升真正进入了李隆基的角色，听见了一个皇帝的心跳。《长生殿》的精魂随着李隆基的思念油然而生。洪升的才情在雨打梧桐的凄清声中，缤纷地落于纸上，以酣畅淋漓地展现。

独自登临意转伤，蜀山蜀水恨茫茫。不知何处风吹雨，点点声声迸断肠。

夜来的急雨敲打着檐下的铁马，叮当不绝，聒的人好不心烦！李隆基惊起，失眠了，树影在窗前轻轻摇动，仿佛掩面哭泣的女人的脸。

他忆起她的死。生冷的绝望一层又　层地向他涌来，他像被慢慢埋进土里，不能动弹。离开马嵬坡才不过月余，回想起已像是前生的事了。

"玉环……玉环……"他喃喃地，有泪如倾。

他想起白日的艰难跋涉。一路仓皇，跋山涉水，对于老迈的皇帝而言，自然是苦上加苦。洪升写富贵写得拙，写离恨却真是写得好！两支《武陵花》将失势皇帝的悲戚、懊恼、悔恨，万般复杂的心绪写得细密繁复丝丝入扣。

万里巡行，多少悲凉途路情。看云山重叠处，似我乱愁交并。

无边落木响秋声,长空孤雁添悲哽。……袅袅旗旌,背残日风摇影。匹马崎岖怎暂停,怎暂停! 只见阴云黯淡天昏暝,哀猿断肠,子规叫血,好教人怕听。兀的不惨杀人也么哥,兀的不苦杀人也么哥! 萧条凄生,峨眉山下少人经,冷雨斜风扑面迎。

白天在人前,他依然要辛苦维持着帝王的尊严,这也是他保全自己的方法。但是此刻——凄风苦雨的夜晚,在心腹老臣的面前,他全面释放了自己的情绪:"淅淅零零,一片凄然心暗惊。遥听隔山隔树,战合风雨高响低鸣。一点一滴又一声,一点一滴又一声,和愁人血泪交相迸。对这伤情处,转自忆荒茔。白杨萧瑟雨纵横,此际孤魂凄冷。鬼火光寒草间湿乱萤。只悔仓皇负了卿,负了卿! 我独在人间委实的不愿生。语娉娉,相将早晚伴幽冥。一恸空山寂,铃声相应,阁道峥嵘,似我回肠恨怎平!"

雨声滴穿了他的情绪,他的恨喷薄而出了! 那日他舍弃了玉环,他以为可以保得住皇位,孰料时局变动,他被迫传位给太子李亨,退位为上皇,名虽显贵,权已尽失。

黑暗充盈了他的双眼,由这高高的剑阁朝外望去,犬牙交错的山峦,浸没在深浓的夜色里。峥嵘的阁道,栈道的云后,胡骑的烟尘里,回望马嵬坡下,不觉恨填膺——此时他觉得自己连恨都是虚浮无力的,舍弃了美人却没能保得住江山。一转眼,这天下已然不是他的了——他的时代过去了!

苍茫和无常依旧尖锐地逼到心里来,像群狼在狠狠地噬咬着。他终于看清自身的渺小。这世间有太多人力不能企及、无法算计之事,而之前,他一直被捧得太高了。

乡老献上的麦饭,怎能下咽? 他们点醒了他,一手摧毁盛世的不是安禄山,而是他自己。

他现在什么都不是了,只是一个失去妻子的凡夫。他的尊崇,并不能使爱妻复生,只会在他摔倒在地时,加重他的狼狈和悲伤。

冷雨扫到他脸上,像一根根细针钉入他的骨头里,他冻得浑身颤抖。他格外想念那温软的美人。以往,是她用年轻的身体温暖着他,拖延他老去的步伐,使他觉得自己能够一直年轻下去。

此时她在哪里呢? 死得仓促,葬得也潦草,甚至连平民也不如。那么娇弱的人儿,曾经玉体横陈,如今孤孤单单躺在地下。腐草化萤,带着她的怨念闪烁。她姣好的面容,美妙无伦的身体,是上苍赐予的礼物,与他交欢,刺激出他蓬勃的生命力。现在她离去了,他知道自己也行将枯朽了。

他从梦中走出,徒劳地想挽留那幻象,雨沿着屋檐不断地滴下来,淅沥的雨声绞断了他的肝肠。这样的凄风苦雨,打在她身上,一如兵刃相加。一想到这里,他就痛苦得咬紧牙关,恨不能,恨不能以身代替!

他也知道这种冲动——只是冲动。

他当时没死,现在更不可能死了,他必须活着,因为她为他死了!

生死置换了两个人的地位——与毅然死去的她比,他的内心是卑微的。

他在剑阁,思念她所作的曲子,就是后来传世的《雨霖铃》。

就像是刻意为了印证"心有灵犀一点通"这句话。此时,死去的杨妃阴魂不散,淡月梨花之下,自伤玉碎珠沉,满怀深情地追忆当日恩情:"凝眸,一片清秋,望不见寒云远树峨眉秀!苦忆蒙尘,影孤体倦。病马严霜,万里桥头,知他健否?纵然无恙,料也为咱消瘦……"

山长水阔知何处——她料的不错。他果然为她上穷碧落下黄泉,可那是他安稳下来以后的事情。此时的杨玉环冷骨幽泉,没有一丝怨恨,为他着想,怜惜他。女人的付出,比男人要勇敢彻底得多。女人的爱,比男人要纯粹得多。

【四】

局势稍稍安定了,人们在离乱中开始流传他和杨妃的逸事。人们对开元盛世不能忘怀。对繁华的怀想,正是对流离的安慰。人们传说,当年游曲江时,杨家人随地遗落的珍宝配饰,如同沙砾,被看热闹的百姓捡到，随便一件就价值万千。最近有人在马嵬坡捡到杨妃的一只锦袜，拿出来叫人付钱赏玩，居然发了一笔财。

开元盛世之后的诗人们，一面谴责这种奢靡，一面又何尝不遗憾自己没有生逢盛世，只能靠寒微的想象来吟唱："一骑红尘妃子笑，无人知是荔枝来。"百年后，被放逐的宋朝学士，在岭南独啖荔枝，笑唐朝的妃子凭栏，在长安望眼欲穿。

梨园部的老伶官们也在兵乱中四散零落，有的被叛军杀死，有的死于乱军之中，有的流落江湖，不知所终。当年宫中的第一歌者李龟年飘零到江南，只能靠在街头卖唱为生，吟唱着一去不返的盛世。

围观人们却只把他的吟唱当做笑谈。潦倒的他，直到遇见了一个爱好声乐的年轻人李暮，才得以暂时有个栖身之地。

李暮这个名字别有深意，他的出现预示着李唐王朝江河日下。他是洪升特设的一个人物，用来见证《霓裳羽衣》的哀歌，从一个旁观者的角度，使他和她的故事流传下来。

李暮曾在宫墙外偷听《霓裳羽衣》曲的演练，不得其门而入。而今遇见了流落在外的李龟年，李暮如获至宝，对他悉心照顾，以师礼待之，李龟年感恩图报，一面授之以绝技，一面将上皇和杨妃的故事娓娓道来。

他们的历史被切割、组合、加工，糅合了幻想、传说，重新演绎，随着离乱在人间口耳相传。李龟年的清歌，像上好的伤药，抚慰着，在收敛伤口的同时也刺激着痛处。

于是,没有过很多年,在他还没有彻底地隐没到历史里去,被香烟遮住仪容的时候,人们已经迫不及待地开始评论他的得失成败。将他与杨妃的事一遍一遍地拿出来说。生怕人不了解那样,拿到青天白日里来说。

他和她落入世人的口舌中,充斥着宫闱、市井、闺房、勾栏瓦肆,塞满这破败人世的每个缝隙角落。大难刚脱的人们,把他们当做前生的辉煌和遗艳来指点凭吊——人们在他的伤口上祭奠着自己的伤口,抛弃了他这个活着的人。

人们在对他们的事津津乐道,他对她的死也一样不能释怀。这个伤口像一堆蛆,在他日渐老去的肉身上肆虐,其张狂的程度,一如当日的他指挥大唐的铁骑,在别人的疆土上纵横驰骋。

上皇命能工巧匠用旃檀香雕了杨妃的生像,在宫中致祭。

死亡,永恒的助手。它是神秘而深刻的雕刻家,将她永远地刻在他心口。

此时的上皇形如囚徒,处境维艰。近年来,他的境况更差了。他被逼着迁往冷僻的兴庆宫,更加远离政治的中心,身边只有为数不多的老宫人服侍,始终相随的还有高力士。

老去之人会愈加无助地依附于愈加空虚的回忆,直至虚空化尽。失去的愈多,着意挽回的就愈多。李隆基陷于回忆的周折中,辛勤打捞着深海里的残骸,他一无所得。愈是留恋,愈是发现自己和往昔之间渐行渐远。一切都是徒劳的,都将回到虚空中去。

　　他的记忆力如八千子弟兵逃散,不听调遣。原先他只不需要想,而现在即使他竭尽心力去想,也只能拼凑起零碎片段。

　　当他再见杨妃(生像)时,他比以前更惊、更悔!死亡使她永远年轻,偷生却使他朽坏了。"别离一向,忽看娇样。待与你叙我冤情,说我惊魂,话我愁肠……妃子,妃子,怎不见你回笑庞,答应响,移身前傍。呀,原来是刻香檀做成的神像!"

　　生像雕得栩栩如生,他如见真人。如果不是非常恩爱,他几乎要害怕是杨妃讨债催命来了!害怕和愧疚让他忏悔:"寡人如今好不悔恨也!羞杀咱掩面悲伤,救不得月貌花庞。是寡人全无主张,不合呵将他轻放。我当时若肯将身去抵搪,未必他直犯君王;纵然犯了又何妨,泉台上,倒博得永成双。如今独自虽无恙,问馀生有甚风光!只落得泪万行愁千状!我那妃子呵,人间天上,此恨怎能偿!"

　　这时她牵衣请死愁,回顾吞声惨样,又浮现在他眼前。当时她请死,他曾顺水推舟地表示:"但、但凭……娘娘罢。"生死之间泾渭分明,岂能"但凭"!现在时移世易,他松开了捂住弱点的手,将伤口迎向发亮的匕首——他的懦弱,猥琐,自私,都无须费心掩饰。

"玉环……"他因念及这个名字而泪如雨下,痛苦得站立不稳,"你是何等柔弱,可为何大乱当前,你愿意为我独力阻挡崩猝的岁月?而我,誓同生死却辜负了你,大难当前时将你推出去挡煞。"

无法消除的愧疚,用淋漓的泪液,将羞耻埋藏起来。

他酹一杯酒,为她,为自己:"把杯来孥掌,怎能够檀口还从我手内尝。按不住凄惶,叫一声妃子也亲陈上。泪珠儿溶溶满觞,怕添不下半滴葡萄酿。……奠灵筵礼已终,诉衷情话正长。你娇波不动可见我愁模样?只为我金钗钿盒情辜负,致使你白练黄泉恨渺茫。向此际捶胸想,好一似刀裁了肺腑,火烙了肝肠。"

他无法不悲伤、不怀念。这个女人的意义,绝不只是知心爱人如此简单,她意味着他曾经的辉煌,无上的荣光。

他忏悔着……不知该如何陈清心里的苦楚,眼望不尽,口诉不完。过了这么久,他发现自己的痛苦并未随时间的流逝消失,反而急剧扩张了。

失去了一个女人决不至于如此痛苦,是他受制于人,如履薄冰——天壤之别的际遇让他如此痛苦。他悲悼的是他自己。消失的权力,消失的盛世,消失的美人。

随着那一道白练缢断的,不是一个绝代佳人柔嫩的咽喉、温软的气息，而是他一手开创的大唐盛世。她挽着它，就那么轻飘飘，来不及发出一点声音，就逝去了。

短短的时间里，他失去了一切！他一切都失去了，却还要苟延残喘地活着！他连心爱的人都算计了、牺牲了，却没有保住他的地位。

"如今独自虽无恙，问馀生有甚风光？"是他悲哀的根本。

【五】

望着遗像，高力士想起杨妃死前对他的嘱咐："圣上春秋已高，我死之后，只有你是旧人，能体圣意，须索小心奉侍。再为我转奏圣上，今后休要念我了。"

追忆当年的好风光，眼见上皇现今的凄惶，忠心的老臣伏地痛哭。他在宫中一生，见惯了人事离散，见惯了你方唱罢我登场。他从未感受过如此刻骨的悲哀，万箭攒心的凄凉。他为皇帝无法解脱的痛苦难过，为杨妃对皇帝深沉的爱而动泣。他想，他们待彼此都是特出的。只可惜大难当前，爱，被人的自私摧毁了！

秋雨凄凄。贵妃死后，上皇的生命里，再也没有春天了，再也没有了。

他将缠绵于对她的思忆当中，如蛊附骨。他知道自己不得好死！

在某个月夜，他怀着与她再续前缘的妄想，抱恨终天了。

戏中，洪升还不惜笔墨地写了杨玉环的悔悟，远没有写李隆基的悔恨那么深刻、直抵人心。自省确实是符合东方人精神轨迹的回归，但它这么深刻、这么严肃，不适合杨玉环。

她又没心机，不涉政治，只爱玩乐，三十多岁还像小女孩一般天真烂漫。这是李隆基长宠她的地方。族人因她而飞扬跋扈，不是她背后指使的。

洪升写她悔罪是为了安排她登仙，在天上等李三郎团聚，真是绝大的败笔！

土地老儿（洪升）颠颠地跑出来安慰杨玉环说：“这一悔能教万孽清。管感动天庭，感动天庭，有日重圆旧盟。”

悔悟能这么廉价么？悔悟难道是为了悔悟后的好处么？

虽说放下屠刀，立地成佛，可这不代表曾经的罪孽会烟消云散，它只意味着你从过错中走出来，重新审视自己，挣脱了恶缘，再结一个善缘。但缘生缘灭，善恶如影徘徊交错。人的一生像坐在莲舟中，左右倾侧，时时花叶交映——美满的开始并不意味着结局同样美满。

　　我不喜欢如此的结局,说他们死后成仙又在一起,又或是说杨玉环没死,辗转去了日本。白居易诗中的仙山,岛国就是指日本,后来上皇知悉,还和她有过通信。

　　我相信,杨玉环在白练绕颈时就死了! 她的生命终结在三十八岁那年。这是悲剧的价值所在。那千秋万世的一瞬间——她拽住他的大唐盛世一起陨落了! 这之后世间的一切传说、附会,只能说与她有关,却不能肯定是她。

　　情天长恨,唯爱永绝! 这样的不可挽回,才有动人心魄的力量!

《桃花扇》

溅血点作桃花扇，比着枝头分外鲜。

　　1699年。侯方域和李香君相逢于纸上。一个叫孔尚任的人感于兴亡，博采遗闻，撰了一出戏。南明凋零的桃花，盛开在清时素白的扇面。明明是前朝的风景，却那样引人驻足。对于前生人们总是充满好奇，难以忘怀。一世人的悲欢离合。一双人的生离死别。一个朝代如梦方终。废墟上，一个朝代如梦初醒。斜阳流水悠悠，顷刻兴亡过手。

——题记

【一】

　　崇祯癸未二月。大明朝一息尚存。

　　李香君尚未被梳拢，侯方域还在南京城里秦淮河边游荡。

　　秦淮河是一条多情的河，多情渐至放荡。它无所谓贞洁，也没有是非观，不受道德的羁绊制约。而离它不远的徽南村落，女人谨守唯一的信念，就是为死去的丈夫守节，余生不再兴起爱欲之念。男人被摒弃在世界之外，她们必须忍受生活的磨难，男人有心或无意的挑逗，学会对抗夜里被寂寞怂恿的狂乱汹涌的性欲。然后，在某个黑夜或白天凄楚而解脱地死去，等待着被人发现、上报。如果运气好的话，不久之后在这个村落的显眼处会立起一座牌坊，这由官方颁发的关于贞节的认证证书，是对于一个女人人生价值的最高肯定。

世界如此奇妙，当徽南的女人为亡人咬紧牙关、锁紧大门时，秦淮河边的女人们，正为如何留住经过的公子王孙而争奇斗艳，费尽心机。

她们的世界是开放的。视男欢女爱是生之大事，竭尽所能。

她们半掩翠阁，却是为了门庭若市。作为那个时代的时尚达人，她们穿着那个时代最摩登的服装，梳着最新潮的发型，当然还有最流行最新鲜的妆容。

每一座楼台，每一座长亭、短桥，每一树柳底、垂杨。每一天，都上演这样款款相送依依惜别的情景。

红尘如此妖娆，情意如此繁茂，如此潦草。

秦淮河水冷眼旁观，笙歌歇，画舫游。迎来送往，人情繁盛、凋零、破败都不与它相干。

直到某个春光明媚的日子，它看见，侯方域遇见了李香君。

她那时正随苏昆生学《牡丹亭》，院内的香君歌声轻荡，绾住墙外的游人："遍青山啼红了杜鹃，荼蘼外烟丝醉软。春香呵，牡丹虽好，他春归怎占的先！成对儿莺燕呵。闲凝眄，生生燕语明如翦，呖呖莺歌溜的圆。"

这雏妓的声色撩动了他。他驻足，注目。旧院新人。她含苞待放，将将又是花间魁首。

千里姻缘，自有人相牵。

有人劳心，有人帮衬，连鸨母都贤惠体贴……事情顺利得让人发指。洞房花烛，月映花影烛映人，哪有半点倾颓的气象，两个人的喜气，将这国运将尽的死气也顺道掩饰了。锣鼓喧天中，众人欢聚调笑，乐而忘忧，继而忘国。

秦淮河上的生活，那些香艳的，他和她的故事，一再生动地展示，再动乱的年代，生活节奏都是井然有序的，人其实很渺小，渺小到不容易被惊扰。

不必把一切想象得过于壮烈，内心的悲壮激荡可能会改变一个人人生的某个决定，却实难波及到人们的正常生活。社会像一个巨大的海绵，吸纳着人心的不安。

明末的才子佳人们，该眠花宿柳的眠花宿柳，该洞房花烛的洞房花烛，该访亲探友的访亲探友，该追名逐利的追名逐利，他们的生活不仅正常，动荡的时局更使得原本琐碎的小事也变得风情万种，耐人寻味。

一夜恩爱欢娱不必细表。第二天一大早,他们的大媒杨龙友前来探望这对新人,他既是鸨母李贞丽的老相好,又是侯方域的朋友,所以乐见其成,一力促成这桩姻缘。

侯方域梳拢李香君的缠头之资,还是他拿出来的。帮人帮到这地步,侯方域和李香君自然是要深谢的。

面对杨的殷勤,她虽不拒绝却也暗自留心:"俺看杨老爷,虽是马督抚至亲,却也拮据作客,为何轻掷金钱,来填烟花之窟?在奴家受之有愧,在老爷施之无名;今日问个明白,以便图报。"

李香君虽是女人,却不因利遮眼,没有因为受到馈赠就眉开眼笑忘乎所以。她的这种秉性是她超凡脱俗的内因。

杨龙友道破其间奥妙,他是有心帮忙的,算个出力的,但真正出钱的,还另有其人,这个隐藏在暗处的人就是阮大铖。杨友龙不过是帮他做个人情,把钱送出而已。

侯方域很诧异,但觉很舒爽,哪个男人遇见这样有脸面的事情会不舒爽呢?他深知这是因为自己名声在外,阮大铖有心讨好结交的缘故。

这个人情,他预备领了。他对杨友龙说:

（生）阮圆老原是敝年伯，小弟鄙其为人，绝之已久。他今日无故用情，令人不解。

（末）圆老有一段苦衷，欲见白于足下。（生）请教。（末）圆老当日曾游赵梦白之门，原是吾辈。后来结交魏党，只为救护东林，不料魏党一败，东林反与之水火。近日复社诸生，倡论攻击，大肆殴辱，岂非操同室之戈乎？圆老故交虽多，因其形迹可疑，亦无人代为分辩。每日向天大哭，说道："同类相残，伤心惨目，非河南侯君，不能救我。"所以今日谆谆纳交。

（生）原来如此，俺看圆海情辞迫切，亦觉可怜。就便真是魏党，悔过来归，亦不可绝之太甚，况罪有可原乎。定生、次尾，皆我至交，明日相见，即为分解。

（末）果然如此，吾党之幸也。

侯方域少具文名，出身名门，家世很好，有名的明末四公子之一。

公子少有不浮浪的。侯方域未免为他人的刻意抬举和讨好动心。阮大铖又是何许人也？他有什么难言之隐，必须要兜一个大圈来找侯方域帮忙呢？阮大铖曾投效过魏忠贤，是当时人所共贱的魏阉的干儿子。魏忠贤倒台以后，他也赋闲在家，隐居南京城中。他是个名利心极热的人，哪里甘心这样埋没余生，不免又想出来活动活动，几次下来都碰了壁，不为时流所接纳。

其时复社文名极盛，一帮青年才俊社会精英混在一起，他们言谈喜好影响当时的读书人，甚至可以左右当时的社会舆论。

侯方域身为复社的首领之一，承袭了东林党人的清流习气。以他和陈贞慧、吴应箕的交情，他如果开口帮阮大铖，效果肯定是有的，却势必会伤害他和复社同道的感情，结果很可能是他自己也被牵扯进去，惹来骂名。

李香君冷静地预见到这一切。也许她那时还没有那么深刻。但她的本心告诉她，侯生这样做是莽撞、危险的。最重要的是，他将违背原则，丧失气节。他将人格扫地。

李香君生平第一次发火了。在新婚的第一天早上，当着外人的面，她怒斥侯生："官人是何等说话，阮大铖趋附权奸，廉耻丧尽；妇人女子，无不唾骂。他人攻之，官人救之，官人自处于何等也？"

不思想，把话儿轻易讲。要与他消释冤雠，要与他消释冤雠，也隄防旁人短长。官人之意，不过因他助俺妆奁，便要徇私废公；那知道这几件钗钏衣裙，原放不到我香君眼里。

人们感慨于一个妓女，严格说来，是一个十四五岁女孩子的思想觉悟。她未经世事，连处子之身也是昨夜才破，她却比她那见多识广才名卓著的官人见得深远，虑得周全。她拔簪，脱衣掷地，铮铮作响："脱裙衫，穷不妨；布荆人，名自香。"

她瞬间所迸发的璀璨烈性，使得她的男人黯然失色，更使得后来包括现在为名为利所奴役的读书人羞惭，面目无光。

然而我拒绝将李香君想象成圣女。她的拒绝也许只是出于天真的世故，这缘于她自小生活环境的熏陶。她对人情通达谨慎，知道什么可以要，什么不可以要，贪图小利会得不偿失。

在《桃花扇》之外，真正和鸨母李贞丽相好、和李香君相熟的人不是杨龙友而是陈贞慧。可以想见这些清流名士们平素慷慨激昂的谈吐对年少的香君有强烈的吸引力，他们的潜移默化起着多大的影响——这是李香君的思想与众不同的外因。

现在，她终有机会和她所敬仰的人们站在一个阵营了，她义不容辞地在紧要关头把摇摆的侯方域拉回来，保全他的名声。侯方域清醒过来，顺势回拒道："老兄休怪，弟非不领教，但恐为女子所笑耳。"

平康巷，他能将名节讲；偏是咱学校朝堂，偏是咱学校朝堂，混贤奸不问青黄。那些社友平日重俺侯生者，也只为这点义气；我若依附奸邪，那时群起来攻，自救不暇，焉能救人乎。节和名，非泛常；重和轻，须审详。

杨龙友还待再劝,侯方域放出真心话来:"我虽至愚,亦不肯从井救人。"话已至此。杨龙友只得讪讪告辞。

侯方域请杨龙友顺便把东西带走:"这些箱笼,原是阮家之物,香君不用,留之无益,还求取去罢。"

回过身来,他哄余怒未息的她:"俺看香君天姿国色,摘了几朵珠翠,脱去一套绮罗,十分容貌,又添十分,更觉可爱。"

我却又多想。俗话说,家有贤妻夫少祸是有道理的。身边有个规劝提醒你的人,犯错的几率会低很多。可惜有多少人能听得进别人的劝诫呢? 人多是固执己见的。

那些愚蠢贪婪卑鄙自大的官员们,他们的家里一定也不少规劝他们的人,可是,贤妻们的规劝又起了多少实际效果? 他们的眼睛早不看妻子苍老的脸,他们的心记挂着即将到来的巨额贿赂,他们的身体无时无刻不回味着与情人昨夜的销魂,欲望又再次升起。

李香君的规劝之所以起了作用,时机很重要。他们是新婚燕尔,侯方域新人在怀,新鲜兴头,自然你说什么都好,发发脾气也感觉可爱。何况李香君的规劝又是站在他的角度上为他着想。若是两人感情淡时,发生这样的事,侯方域听不听李香君的,真要打个问号。

【二】

崇祯癸未十月，大明朝国器将倾。

这一月，侯方域避祸远走。事端自然是由三月成亲时香君却奁时伏下，事情却不仅仅是阮大铖挟私报复那么简单。

大将左良玉的军队久缺粮草，军心躁动，再不想办法几乎就要起兵乱。左良玉只好许诺众军移兵就食南京。

消息传来，人心惶惶，生怕破坏南京城现有的平静，影响了自己的生活。左良玉和侯方域的老爹侯恂是故交，杨龙友出主意利用一下这层关系。于是侯方域以自己父亲的名义写了一封信给左良玉劝他退兵，送信人是侯方域的朋友，能言善道且颇有侠气的说书人柳敬亭。

这封信和柳敬亭的口才都打动了左良玉。本来左良玉许诺移兵就食就是权宜之计，他也不想冒天下之大不韪，落人口舌。

南京之围虽解，这封信却给侯方域带来麻烦，阮大铖借口侯方域私通左良玉，指他为左兵内应，务必及早除去。

阮大铖的恼恨也不仅仅是李香君却奁不给他面子如此简单。可怜的阮大铖自从魏忠贤倒台以后就没好日子过，成了过街老鼠——人人喊打，喊声最大的是明末四公子。四公子中的陈贞慧视他为斯文败类，简直唯恐他不死，那份《留都防乱揭帖》，丝毫不给他立足之地。连阮大铖参加孔子的祭奠也被他纠结众儒生上前一顿群殴，打得阮大铖鼻青脸肿落荒而逃。

更损的是，这帮公子哥整完人家还借人家的家班来取乐。某日，这几位公子在鸡鸣寺饮酒作乐，大约是觉得有酒无歌不过瘾，心血来潮派人拿了名帖去阮家借家班唱戏。阮大铖会错了意，以为这是示好的机会，巴巴地把家班送过去，还叫家人混在里面听他们议论什么。

结果这几位公子，酒喝好了，戏看过了，也趁机过足了嘴瘾，把阮大铖痛贬一通："有才华还作魏阉的干儿子！比没才更可鄙！"众人欢饮达旦，大笑而归。阮大铖心中懊丧可想而知。

阮大铖作《春灯谜》有一段平话，名叫《十错认》，有痛悔之心，情辞可悯。"然而清流诸君子，持之过急，绝之过严，使之流芳路塞，遗臭心甘。"

清流这帮人，也未必就是道德完美，无懈可击。他们其实也很混账。只不过形势总是此长彼消，阉党倒霉了，阉党的对头清流们自然又翻身而起，高歌凯旋了！

在《桃花扇序》里，顾天石对此剖白得入木三分："呜呼！气节伸而东汉亡，理学炽而南宋灭；胜国晚年，虽妇人女子，亦知向往东林，究于天下事奚补也。"

清流书生一样排除异己，咄咄逼人，却不能真正掌握国家权力，扼腕长叹，临事而迷。甚至缺乏基本的自救能力，空自书生意气！

南明的迅速覆亡和这些人囿于私怨，一刻不停地勾心斗心有直接的关系。

阮大铖找到机会要寻侯方域的不是，幸而杨龙友是个比较圆滑的人，他和阮大铖也相熟，暗中通知侯方域避祸。

侯方域兀自留恋花丛："只是燕尔新婚，如何舍得。"李香君正色相劝："官人素以豪杰自命，为何学儿女子态。"她叫他远走高飞，不要连累他人。她并不是怕自己被连累，而是怕给阮大铖借口将复社的文友们一网打尽。

侯方域却为往何处去发愁："双亲在，双亲在，信音未准；烽烟起，烽烟起，梓桑半损。欲归，归途难问。天涯到处迷，将身怎隐。歧路穷途，天暗地昏。"还是杨龙友给他出了主意，叫他跟着史可法去做个参谋。

李香君为侯方域收拾行装时，她的软弱流露出来，想着分别在即，心中默念着他的名字。泪水沾湿了他的行囊，思念附着在他身上，使得他走在路上心意沉沉，不住回顾。这是后话了。

他们相处才这么短，就被逼散了，往日所见的离别发生在自己身上，虽有心理准备，也不能潇洒轻松。她还不像那些久经此事的同行们那样漠然无谓。

欢娱事，欢娱事，两心自忖；生离苦，生离苦，且将恨忍，结成眉峰一寸。香沾翠被池，重重束紧。药裹巾箱，都带泪痕。

他与她作别，强作劝慰："暂此分别，后会不远。"她含泪道："满地烟尘，重来亦未可必也。"

她心里清楚，"离合悲欢分一瞬，后会期无凭准。"我就是欣赏这女人超乎年龄的清醒。

我不愿把侯方域和李香君简单归到乱世儿女中去，那样未免太草率了。他们的遭遇受很多因素影响造成的结果，绝不该单纯归结到局势上。以侯方域的轻浮和李香君的气盛，即使他们处在太平盛世，也未必就不遭人算计。

读《桃花扇》最让我悚然心惊的，不是侯李二人的分别，而是人私心的危害之大。从阮大铖对复社文人的报复，到马士英拥立福王，掌控朝政，再到他们一盘散沙弃城而逃，哪一个不是满腹私欲的小人？

侯方域之所以和李香君劳燕分飞，史可法孤城无援，南明之所以一年就覆亡，不是因为国无良才，而是他们不能同心一力。

泛滥的私欲，迅速彻底地覆灭了一个国家，威力远比满清的军队炮火要大得多。如果说个人的私心只是一个不起眼的小孔,当这个小孔泛滥成灾,溃烂成深不见底的大洞,一切病入膏肓,药石无灵。

【三】

崇祯甲申三月。侯方域走后,李闯王攻破北京,崇祯缢死煤山。明朝名存实亡。

崇祯虽然不是一个成功的皇帝,心有余而力不足,但就他以身殉国的果敢来说,他无愧于他皇帝的名分,成败不论,他尽力而为了。

崇祯死讯传来,举国皆哀。左良玉往南礼拜,叩头哭送大行皇帝:"高皇帝在九京,不管亡家破鼎,那知他圣子神孙,反不如飘蓬断梗。十七年忧国如病,呼不应天灵祖灵,调不来亲兵救兵;白练无情,送君王一命。伤心煞煤山私幸,独殉了社稷苍生,独殉了社稷苍生!"

宫车出,庙社倾,破碎中原费整。养文臣帷幄无谋,蓁武夫疆场不猛;到今日山残水剩,对大江月明浪明,满楼头呼声哭声。这恨怎平,有皇天作证:从今后戮力奔命,报国仇早复神京,报国仇早复神京。

左良玉如此,史可法必定如此。这一番哭诉代表了当时天下多少独立抗争的孤臣心意。让人感慨啊!即便在当时亡家破鼎的情况下,在朝在野,还是有不少忠心为国、能征善战的将领,只要善加利用,明朝断不至于覆亡得那么快。可惜!掌权的宵小们营营役役,溺于宴安,国家的前途命运被他们抛在脑后——良将忠臣有心出力却无用武之地。

手握实权的马士英所盘算的,是赶紧拥立福王为帝。他颇有点吕不韦的意思,干的是一桩叫作"奇货可居"的生意。他想得非常实际:"一旦神京失守,看中原逐鹿交走。捷足争先,拜相与封侯,凭着这拥立功大权归手。"

他不介意国家多难,不介意生灵涂炭。对于局势,这个投机主义者有着自己的看法:幸遇国家多故,正我辈得意之秋。

他将国家多难看作是幸,是大好的机会!这其实见出他比那帮迁臣有决断、邪恶高明的地方。他的邪恶使得他能把持朝政,蹿居高位——他懂得顺应,即使因此失去为人的气节。

马士英不顾史可法等人的反对和质疑迎立了福王。福王不是福娃,他不能给人民带来快乐,给国家带来活力和希望。

甲申五月,南明建立。

福王继位以后称弘光皇帝,他全部的精力都用在不遗余力地伤害这个新生的政权上,直到这个小朝廷彻底完蛋。

这帮混蛋完全不了解自己的侥幸,不晓得谨言慎行,反而惶惶然开朝组阁,皇帝忙着分封亲信,巩固权力,亲信瓜分权力,打击异己。弘光还一副中兴之主的鸟样,让人今日在书写这段历史时依然深深为他的狂妄愚蠢自大羞耻,哭笑不得!

李香君的生活并未因南明的建立而好转,反而坏了。自从侯方域走后她一直谨言慎行,闭门不出。这也没有帮她避过一些人的算计。当局势稍稍安定一点,已经东山再起的阮大铖,重拾起声色犬马的老勾当,他意欲讨好马士英,将李香君买来送给马士英的亲戚田仰做妾。

李香君生命中最激烈的一幕发生了。当说客来说亲,她痛骂逐走了说客。当田仰的花轿来到楼下,她一头碰得鲜血四溅,昏死在地。眼看出了人命,花轿也上不得了。田仰那边还不能得罪,李贞丽只好以身相替,冒名出嫁。

甲申十一月,李贞丽从良一个月,李香君卧病守楼。

一个欢场女子将日子过得和徽南的节妇一般了,在同行眼中的她:"似一只雁失群,单宿水,独叫云,每夜里月明楼上度黄昏。洗粉黛,抛扇裙,罢笛管,歇喉唇,竟是长斋绣佛女尼身,怕落了风尘。"

　　她为此甘之如饴。这姿态足够美好，足以满足她精神上的洁癖，以供她日后回想起来不自愧。她习惯给予自己的心理暗示是，我是一个妓女，为了救赎我自己，我要比一般的女人有更高的道德操守。因此她循规蹈矩，规范自己的一言一行。

　　但她自是风尘中人，想拔脚而出，撇得干干净净，哪那么简单！李香君自己想必也是清楚的，因为不易，她道义上的坚持才显得可贵而有意义。

　　不管效果如何，结果如何。她对自己有了交代。

　　她捧诗扇在手，见上面血迹殷殷。那一天的激烈又再现眼前，想起来都心有余悸。思前想后，她心酸难耐："欺负俺贱烟花薄命飘摇，倚着那丞相府忒骄傲。得保住这无瑕白玉身，免不得揉碎如花貌。"

　　最可怜妈妈替奴当灾，飘然竟去。你看床榻依然，归来何日。

　　她一念至此，不觉潸然泪下。如果不是她够果断，怎么能侥幸逃过一劫呢？

　　她揽镜自照，血痕一缕在眉梢。凭栏眺望又见院落空空，风吹帘栊自敲。妈妈吉凶未卜，姐妹们风流云散，侯方域音信全无。她拖着病弱的身体强自支持："叫奴家揉开云髻，折损宫腰；睡昏昏似妃葬坡平，血淋淋似妾堕楼高。怕旁人呼号，舍着俺软丢答的魂灵没人招。银镜里朱霞残照，鸳枕上红泪春潮。恨在心苗，愁在眉梢，洗了胭脂，涴了鲛绡。"

李香君不幸中有大幸，她血溅诗扇，有杨龙友以血为墨，揉草为汁，将她满心凄清苦楚细心点染成折枝桃花。

在她的世界周边还有许多心血凋零的女子，她们悲惨不下于她，凄苦不下于她，但她们的义烈像黑暗来临前的晚霞，无声无息地被吞噬了，没有留下任何痕迹。而她，幸有孔尚任为她作传。

多少红颜都零落了，只有她的桃花未谢。

她以诗扇代信，托苏昆生去寻找侯方域。

【四】

其时，侯方域流落到史可法的麾下，着实地做了点事，不负史可法对他的庇护，赠与他高参的衔头。首先在迎立福王的问题上，他给予史可法建议，寻出了"三大罪、五不可立"的理论支持，旗帜鲜明地反对福王，虽然于事无济。

其二，在史可法手下几员骁将因私怨而大动干戈时，他帮史可法分析情势,出谋划策。他更去监视那有勇无谋的高杰,防止他又因冲动做出蠢事。

明末这一节,当真看得人摇头叹气无语。

史可法手下有四员大将,分别协助他镇守四个地方。这四个人却在参谒史可法时当堂就闹了矛盾,为的是高杰坐了首位。黄得功、刘泽清、刘良佐一看不对啊,你一归降的流寇反贼,给你个位子坐就是客气的了,论资排辈你怎么敢越到我们前头? 再一想,高杰驻兵扬州,那是有名的富庶之地啊,竟然被一个投诚草寇占着了!爷们不爽了! 三位大爷齐刷刷拂袖而起,家国天下也不管了,回去整兵和高杰干一场,看看谁是老大!

你瞧瞧,又是私心作祟! 意气用事。

这一场闹,把史可法一腔壮志豪情,灰去大半。切齿恨道:"没见阵上逞威风,早已窝里相争闹,笑中兴封了一伙小儿曹。"

他看着这群跳梁小丑,发现自己处在一个多么尴尬的位置上。就这些人满心私念,把全部精力都花在窝里斗上了,指望他们去抵御外敌,比做梦还滑稽。

真是有心杀贼,无力回天!

无奈,他派侯方域为监军去辅佐高杰,尽人事而已。

乙酉正月。高杰这个惹是生非的主,终于遭人暗算了! 侯方域只好半逃亡似的狼狈离开。他回乡安顿好老父,又恐许兵追索,买舟南来。黄河上他遇见寻他的苏昆生。两人同回南京。

乙酉三月,侯方域回到南京,发现这次才是真正人去楼空了。

孔尚任将侯方域的重归写得如梦如幻,如入桃源一般。在曲辞之中,独寻的幽美,风流云散的怅惘,再也没有比他写得更细致、更丝丝入扣了。孔尚任几乎将汉字的阴柔之美发挥到极致。一字,一句,都叫人销魂。那男人,每一着眼,每行一步,都是说不尽的旧情牵绊。

地北天南蓬转,巫云楚雨丝牵。巷滚杨花,墙翻燕子,认得红楼旧院。触起闲情柔如草,搅动新愁乱似烟,伤春人正眠。

只见黄莺乱啭,人踪悄悄,芳草芊芊。粉坏楼墙,苔痕绿上花砖。应有娇羞人面,映着他桃树红妍;重来浑似阮刘仙,借东风引入洞中天。……萧然,美人去远,重门锁,云山万千,知情只有闲莺燕。尽着狂,尽着颠,问着他一双双不会传言。熬煎,才待转,嫩花枝靠着疏篱颤。

帘栊响,似有个人略喘。……寻遍,立东风渐午天,那一去人难见。看纸破窗櫺,纱裂帘幔。裹残罗帕,戴过花钿,旧笙箫无一件。红鸳衾尽卷,翠菱花放扁,锁寒烟,好花枝不照丽人眠。

春风上巳天，桃瓣轻如翦，正飞绵作雪，落红成霰。不免取开画扇，对着桃花赏玩一番。溅血点作桃花扇，比着枝头分外鲜。这都是为着小生来。携上妆楼展，对遗迹宛然，为桃花结下了死生冤。……那香君呵！手捧着红丝砚，花烛下索诗篇。一行行写下鸳鸯券。

这桃花扇在，那人阻春烟。

望咫尺青天，那有个瑶池女使，偷递情笺。明放着花楼酒榭，丢做个雨井烟垣。堪怜！旧桃花刘郎又撚，料得新吴宫西施不愿。横揣俺天涯夫婿，永巷日如年。

这流水溪堪美，落红英千千片。抹云烟，绿树浓，青峰远。仍是春风旧境不曾变，没个人儿将咱系恋。是一座空桃源，趁着未斜阳将棹转。

热心肠早把冰雪咽，活冤业现摆着麒麟楦。俺且抱着扇上桃花闲过遣。

春风三月，眼前的一切显得那么生机勃勃。是谁说的，依稀风景似旧年。差别就在这"依稀"二字了——只有故地重游的人才能察觉出美好繁茂里不为人知的凋敝荒芜。

经过时间的摧残,他所拥有的美好都坍塌了。他美满的小家庭没有了,他的女人消失了,他的朋友们再不会在此相聚,把酒言欢,通宵达旦。他的生活,他的理想,他的追求都随着时局的改变而暗变了。

他站在那里,感觉许多许多往事蜂拥而至。它们逐渐显形,丰满起来。

往事代替女人伸手拥抱了他,马上又像神女迅速地消失在梦境的边缘。繁盛,荒芜,摧毁,坍塌——经过这样的过程,变成现在这个样子。原来,这就是沧桑。

风月无情人暗换,旧游如梦空肠断。

回忆是敛默的仪式。独自潜回充满私人印记的旧地,贸然出现的人惊扰到你正在绵延的回忆,让眼前的幻象破碎、消失,让它们像鸟群一样振翅飞去。

可以想见,侯方域看见寄居于此的蓝田叔时,必定是惊讶且不适的。有那么一霎他一定是很憎恶这个人的出现的,他并不是他渴望见到的她,他不经商榷,粗暴地侵略了他的私属空间,但他又必须为之应酬,因为这个人是杨龙友的朋友。

最美满的爱情永远孕育在想象中、在思念中,不断地修缮、不断完美。想象着那个人,她因此变得铭心刻骨,无可取代。

孔尚任深明这点奥秘,所以他让侯方域和李香君兜兜转转再也没有相见。

再见,与君绝。

【五】

李香君侥幸逃过一劫,却没能逃过第二劫。

事缘马士英他们闲来娱情,搞了个堂会,找几个人来应承。当时秦淮河上的风流艳色都被雨打风吹去,所剩无几,找来找去又找到李香君。

她鄙夷这样的应酬。香君的气性因为孤寂,磨砺得越发明锐了。她得罪的人也逐次升级,由阮大铖到田仰,再到马士英。如果说第一次她发飙是出于不屑,第二次发飙是出于不愿,第三次她发飙就是出于不齿了!

在宴席上,阮大铖命她斟酒献歌,她愤然作色,高声骂道:"堂堂列公,半边南朝,望你峥嵘。出身希贵宠,创业选声容,后庭花又添几种。把俺胡撮弄,对寒风雪海冰山,苦陪觞咏。……俺做个女祢衡,挝渔阳,声声骂;看他懂不懂。……妾的心中事,乱似蓬,几番要向君王控。拆散夫妻惊魂迸,割开母子鲜血涌,比那流贼还猛。做哑装聋,骂着不知惶恐。……东林伯仲,俺青楼皆知敬重。干儿义子从新用,绝不了魏家种!"

道义上的优越感使得女人内心充满力量,使她声音激昂有力,她妩媚的脸显得庄严而凛然。她蔑视眼前的高官权贵,转而想到复社的文友,再远一点的东林党人。她一直觉得自己的精神和他们息息相通,而今,终于融为一体了!

这一顿骂可比祢衡骂曹操要露骨刻薄得多,骂得几位大人肝火上蹿,兴致全无。这几位仁兄哪有曹操的气量,脸上挂不住,几乎立时就要给这个不识好歹的女人一点颜色看,幸亏又有杨龙友在场打圆场,把香君救了下来。

杨龙友性格如此,原非骑墙。他后来起兵抗清,不屈而死,并非软骨小人。

又过了几天,阮大铖把自己新写的几出戏献给弘光皇帝。阮大铖的戏比他的人品要好得多,那是经得起名士们挑剔的,名不虚传地好!弘光皇帝一看喜笑颜开:"甚得朕心!"立刻吩咐他们在民间选优(优伶)进内廷供奉。

李香君又被选进内宫。同崇祯末年被选入宫的卞赛和陈圆圆一样,她们都身不由己,逃不开命运的捉弄。她们唯一幸运的,是最终竟然离开了宫廷,没有被埋没在那个暗无天日的地方,成为废墟上的瓦砾。

孔尚任感慨着,通过文字构建一个幻象深入更为久远的时间,他试图追寻着一个三百年的王朝消亡的答案。青灯照亮了他的眼,他边写边叹息:"知三百年之基业,隳于何人?败于何事?消于何年?歇于何地?"

随着书写，长途跋涉的他将逐渐接近这个答案。

李香君的身影暂时隐没在宫门内。侯方域走到金陵三山街，他将在书商蔡益所的寓所里遇见他许久未见的朋友，随即被投入大牢。

重逢的喜悦尚未咽下，祸事就接踵而来。阮大铖得到线报。他马上派人把这些曾经志得意满的公子哥们投进牢狱。

罪名？报复就是最好的理由。风水轮流转了，一朝权在手，便把令来行。看老子怎么玩死你们！

审讯的官员挂冠而去。能够在混乱中抽身而去的人，总是冷漠的，洞烛先机的。一个建立在私欲之上的朝廷犹如一颗脆弱的露珠，摇摇欲坠，怎么可能稳固，值得托付呢？

至于长久——更是妄想。

他袍袖飘飘，遁入山林。"眼望着白云缥缈，顾不得石径迢遥。渐渐的松林日落空山杳，但相逢几个渔樵。翠微深处人家少，万岭千峰路一条。开怀抱，尽着俺山游寺宿，不问何朝。"

道人飘然远去，在白云松下悠然高卧，他偶尔睁开眼睛，望一眼山下红尘。依旧嚣繁，世人为自身安危奔忙。兵来将挡，干戈不断。他望一眼那对红尘中相互守望的男女，一点痴心不熄，一丝幽恨未消。

他眯眼，看看天上的浮云，笑一笑，深知那度化的时机未到。

乙酉三月,面对左良玉"清君侧"的大军,马士英和阮大铖等暗暗合计:"宁可叩北兵之马,不可试南贼之刀。"调黄、刘三镇兵力去阻截左良玉,清军长驱直入,如入无人之境。

福王也很快把自己的福气耗完了。

乙酉五月,史可法兵败的消息传来,福王私出宫禁,带着妃嫔珍宝,撇下文武官员潜逃。

只有一年,他癫狂迷乱的好日子就结束了!什么中兴之主,他全数承袭朱家人令人发指的昏聩。他看不见在扬州史可法独立难支,英雄末路,一腔热血化泪零:

皇天列圣,高高呼不省。阑珊残局,剩俺支撑,奈人心俱瓦崩。俺史可法好苦命也!协力少良朋,同心无弟兄。只靠你们三千子弟,谁料今日呵,都想逃生,漫不关情;这江山倒像设着筵席请。史可法,史可法!平生枉读诗书,空谈忠孝,到今日其实没法了。

纵然他早已力不从心,知道大势已去,依然在苦苦坚持。他哭得眼中见血,扬州的子弟兵为他的忠烈所感,誓言死战到底:"上阵不利,守城。守城不利,巷战。巷战不利,短接。短接不利,自尽!"

有背弃,就有坚持!

势不可违,扬州沦陷。基于对之前所遭反抗的嫉恨,清兵屠城,人烟灭绝。

《明史》如此记载史可法的结局:"城遂破,可法自刎不遂,一参将拥可法出小东门,遂被执,可法大呼曰:'我史督师也。'遂杀之。"

孔尚任改史可法之死为屈原式的沉江。他写史可法城破之时:"俺已满拟自尽。忽然想起明朝三百年社稷,只靠俺一身撑持,岂可效无益之死,舍孤立之君。"

为了君王的安危,他违背了与扬州城共存亡的誓言——忍辱偷生的感觉如此强烈,以至于他举步维艰,他希望那些身死九泉的将士们可以理解,他并不是贪生怕死的人,当他完成所要做到的事情,他就会前去和他们聚首。

当他走到南京附近,听到了弘光潜逃的消息。这无惧于千军万马的忠臣被这无情的消息顷刻摧毁得魂飞魄散。国破家亡,君王弃国而逃的耻辱感彻底地覆灭了他!遥望着近在咫尺的城阙,眼前浮现帝座上那个人趁夜潜逃抱头鼠窜的样子。他暗笑自己可笑的坚持:

走江边，满腔愤恨向谁言。老泪风吹面，孤城一片，望救目穿。使尽残兵血战，跳出重围，故国苦恋，谁知歌罢剩空筵。长江一线，吴头楚尾路三千。尽归别姓，雨翻云变。寒涛东卷，万事付空烟。

一切的奋斗和挣扎都是徒劳，全无意义！拔剑四顾心茫然。千年前的屈原所领受的巨大的幻灭感，挟着滔滔的江水汹涌来到他面前。既然信念灰飞烟灭，肉身也不必苟活于世！

他纵身跃入江中！大明朝最后一根天柱坍塌，大地震颤，日月掩面，苍天失色！

精魂显，大招声逐海天远。山云变，江岸迁，一霎时忠魂不见，寒食何人知墓田。

昔年苌弘冤死，蜀人以椟盛其血，藏之，三年化碧。为忠臣的亡故而痛惜，敬重，祭祀，口耳相传，用心纪念他们的，只有贫苦、平凡的百姓！

百姓历来是善于造神的，将忠烈之士的亡灵奉为神，顶礼膜拜，使他们安息，继续保佑人民，他们的威名，因黎民百姓的赤心拥戴，不曾衰微和黯淡。

苌弘如是，屈原如是，岳飞如是，史可法亦如是！苍生不绝，忠烈亦不绝其嗣。

【六】

正如孔尚任通过文字的跋涉靠近了李香君和侯方域,我一样循此道靠近了这个书生。他的文字照亮了我的眼睛,让它们在黑暗中炯炯有神。

"借离合之情,抒兴亡之感。"孔尚任对于苍凉的体悟是惊人的。他善于捕捉那些潜身在黑暗中一言不发的事件,然后清晰地书写出它们的样子。他如同亲历了那些纷争一样,写来历历在目,往事在他笔下栩栩如生。

《桃花扇》文辞之美,思想之深,感慨之真,为四大杂剧之首。尤为奇妙的是,他并不是世俗意义上潦倒落魄的书生。他的出身可谓不凡,祖先是最受读书人尊崇的孔子。历代帝王都对孔子的后代善加利用,不敢怠慢。

1684年,康熙南巡北归,特至曲阜祭孔,三十七岁的孔尚任在御前讲经,颇得康熙的赏识,破格授为国子博士,赴京就任。三十九岁,奉命赴江南治水,历时四载。足迹几乎踏遍南明故地。

随着与一大批有民族气节的明代遗民的深交,十余年前关于《桃花扇》的创作构思,越来越清晰地呈现心中。

他不能拒绝这样的冲动。身为文人,他知道抒写历史是多么意义深远之事,他的祖先曾作《春秋》,使乱臣贼子无所遁形,在暗夜尚且战战兢兢，不敢伸手靠近竹简。忠臣烈士彪炳史册，不至被人遗忘。他的讲述与日月同在，深刻入时光。千载之下读起来仍惊心动魄。

我必须说，孔尚任是寂寞的，巨大的孤独感和不确定让他写出生死相托的信义，写出男女忠贞不渝的爱情。

但最终，抵死的缠绵也没能抵挡他内心吞噬一切的虚无。他让李香君和侯方域在栖霞山了断情缘，挥别红尘。

再见面。已是栖霞山。夕阳无限好。

一场战乱，倾颓了一座城池，成全了他们，却没有成全他们。一样是乱世儿女，有着不一样的命运。因因果果，无法定论。

侯方域和李香君的爱情与世人并无不同，他们的聚散离合细究起来也普通。很大程度上，他们的出众是沾了那个光怪陆离乱世的光。爱情只是吸引人眼光的水晶球。更值得关注的是，控制这个水晶球的人给予的启示。

《桃花扇》里真正感人心魄的，是孔尚任对于离合，对于兴亡的深刻剖析。

最后——他借张道士之口点破："呵呸！两个痴虫，你看国在那里，家在那里，君在那里，父在那里，偏是这点花月情根，割他不断么？"

堪叹你儿女娇，不管那桑海变。艳语淫词太絮叨，将锦片前程，牵衣握手神前告。怎知道姻缘簿久已勾销;翅楞楞鸳鸯梦醒好开交,碎纷纷团圆宝镜不坚牢。羞答答当场弄丑惹的旁人笑,明荡荡大路劝你早奔逃。

这声音苍老而平静,如同晨钟暮鼓破空而来。暗红尘霎时雪亮,热春光一片冰凉。

侯方域和李香君闻言,豁然顿悟,抛却尘缘而去。这个结局长久以来被人质疑。二人千辛万苦重逢了,历经磨难,相思之苦尚未解,岂能因一个道士几句话就遽然放下一切。

这个想法貌似通情达理,实则囿于情爱且浅薄狭隘,误解了作者一番苦心。孔尚任并不是刻意拆散两人来造就一个悲剧,而是他洞察世事,深明一念之间顿悟的力量。

放开才是解脱。

若按比较接近历史的结局,李香君终随侯方域从良,隐瞒身世进入侯家,后来身份败露,为公公侯恂所不谅,逐出家门。气节终究拗不过出身。而侯方域终是没有抵御住诱惑,他去参加清廷的乡试,仅中副榜。灰头土脸回乡,将自己的书斋改名"壮悔堂"。又因与香君离散,不久郁郁而终……

这样的结局,好过孔尚任的安排吗?

孔尚任并不是要写一段爱情,他是要逃过一段爱情来写历史,写兴亡。他想他的讲述对世人有警醒,但世人的眼睛只关注情爱。

在《桃花扇》的结尾。孔尚任写了一出《馀韵》。《馀韵》中归结道——

俺曾见金陵玉殿莺啼晓，秦淮水榭花开早，谁知道容易冰消。眼看他起朱楼，眼看他宴宾客，眼看他楼塌了。这青苔碧瓦堆，俺曾睡风流觉，将五十年兴亡看饱。那乌衣巷不姓王，莫愁湖鬼夜哭，凤凰台楼枭鸟。残山梦最真，旧境丢难掉，不信这舆图换稿。诌一套〔哀江南〕，放悲声到老。

我怀疑，他所感知到的易消易逝的无常，那无处不在的彷徨和无奈，即使经过这样费心、竭尽所能的倾诉，又有几人能懂？

《桃花扇》里有张道人，《红楼梦》里有甄士隐入道和跛足道人唱《好了歌》。孔尚任或曹雪芹，他们思想最终的凝结，都是通过道人的形象来展现，借助道人之口来传达人生最大的奥妙。这不是巧合，更不是媚俗的演义敷衍。中国文人的思想多倾向归于道，最终有意无意回归到老庄的世界中去。

世事一场大梦，人生几度秋凉。

《汉宫秋》

昙然青冢人何在,还为蛾眉斩画师。

她,抱着琵琶凝仁。慢捻复轻拢,切切如私语。抬头望,是汉宫月。她在披庭和永巷之间辗转。那皇帝不曾想起她,他有那么多选择。理所当然,将她遗忘。她那时只得他一个指望,所以夜夜思他,想他,盼他。再看时,天上月不似汉家月,她已离开汉宫多年。身后时光流转。男人苍老了容颜,她这一生,总是辗转难安,不单,在男人之间辗转,更,在民族之间辗转。直到,茫茫月色里生出了青草。直到,红颜没入了青冢。她阖目,将纷扰抛在身后,知道不必再属于谁。万千哀婉俱化静水,少女在香溪畔,仰起明净的脸。那笑容让汉家青史失色。

——题记

【一】

不管他怎么想,她将与他的故事定格在雁门关以内。她想起,他凝望的目光,决绝而凄厉,灼伤她的背,生生要将她劈成两半。一半留在汉地,一半随着远来的番使远去胡地。

一半留下来与他相伴,一半去替他安定边陲。如此的话,皆大欢喜。只可惜,她能一身两嫁,却不能一身二用。

太迟了,就算有欲说还休的事,今日亦要做个干净了断。

她踏上了玉关道,义无反顾地奔向天涯。天涯之外的天涯是她的归宿,而汉宫,那曾经禁锢她的地方被抛在身后,狠狠地——抛在身后。

谁说她一定要是踟蹰、失意的? 她的心中充满了向往。梦幻的向往使她的眼神更坚定,更甜蜜,更温柔。

群山簇拥着她,护卫着她前行。远处青草深深的广袤天地,清空白云在召唤她。

逃离深宫才知道江山无限,内心重获滋润,饱满充实。

她要嫁与的男人,称雄大漠。他的心胸才智远胜那蜗居深宫忝居皇位的男人。她是欢喜多于悲戚的。草原上牛羊如星星闪烁,风雪酷烈亦缠绵。纵有困难亦不惧怕。她的族人豪迈,坚毅,真诚,坦率,不似汉人喜耍心机。昆仑一样坚挺巍峨的脊梁,可以共同面对一切艰险。

生命有那么多选择,何必把赌注全押在一个男人的身上?

她有南方女子清明的内心和坚实的自我,细腻的果断,从未介意世人对她的看法。是赞许还是误解,一切,都比不上自由重要。

也许人们要到很久，很久以后才能真正理解。而她，深知此生就要将自己放飞。

她所虑深远，所行豁达。人们又为她的果断折服，一位元朝的才子日夜呼唤着她。她进入他的梦中。在他的想象中，重新活了一遍。

那个梦凄迷复杂，被层层剥开时，才惊觉深不可测，充满了阴郁和不可抗拒的悲剧。历史的恍惚感此刻鲜明无比。书生恍惚觉得自己就是梦中的男子汉元帝，与梦中的女子——昭君有着深切亲近的交会。

他流着眼泪醒来，由于耿耿难忘梦中细节，挑灯写下《汉宫秋》。

出生在湖北秭归的王嫱，本是山野间无拘无束的女子，一道选妃的诏令，将她带入汉宫，成为大汉皇帝无数候选的宫人之一。

她的美貌令人倾倒。所有见到她的人都目眩神迷，即使是太监也难以自持。人们几乎一致认定她作为掖庭待诏不过是短暂的，以她的美貌，只要皇帝看见她，就必定会难舍难分。一步登天对她而言易如反掌，只是时间问题。

人们对她客气有礼。连她自己亦难免有这样的期盼和自诩。这时候，影响昭君命运的第一个男人——毛延寿出现了。他提出要黄金作为交易，王昭君冷冷地看着眼前这个面无四两肉的男人，拒绝了。

你来决定我的命运，凭什么！

人们的赞誉和爱护给了她过于强大的信心。从小，虽然不是出生在大富大贵之家，惊于她的美貌和乖巧，父母还是竭尽所能给了她爱护。

一路行来。她的美貌给予她极大的方便。当毛延寿的眼睛只盯着黄金,不理会她的美时,两个各有坚持的人便杠上了。

要钱。没有。

想美?没门。

王昭君抱定主意,我就是长这样,天下第一美女不必你美化。

她没有想到,毛延寿最大的本事不是美化一个人,而是丑化一个人。

没有毛延寿的锦上添花,汉元帝忽略了她,甚至有些讨厌她,毛延寿说她面有恶痣,亲近会招致灾祸。元帝就信了。

我自始至终不能谅解元帝的轻率,即使他后来表现得追悔莫及。他不去求证一下,致使自己和美人失之交臂数年之久的原因。昭君幽居冷宫怎么能仅仅怪毛延寿呢?毛延寿不是起决定作用的人,元帝才是!她真正应该厌弃的人是皇帝。

想元帝对待美人尚且如此,对待国事的态度又能谨慎到哪里去呢?以元帝之轻信人言,毛延寿一介画工横行宫禁也是必然。

皇帝命她退居永巷。

王昭君抱着琵琶转身走入了冷宫。

很讽刺!她不是输给女人,而是败在一个画工手里。她恨他,竟然如此不公地对待她,埋没她的青春;她也有强烈的挫败感,美貌竟然不敌黄金。

　　反抗的代价如此沉重。力量却是如此微不足道,她将自己撞向现实,却几乎连一点回声也未激起就粉身碎骨了。

　　月色笼罩着她清冷的身影,幽怨的琵琶声才响起,就被吞噬在庞大的宫殿里。它们甚至没有能力越过一道宫墙。

　　日日夜夜思念,反反复复煎熬中,她思前想后,未尝不恨元帝,这个高高在上、素未谋面、轻率的男人,轻易就信了画工的话。

　　或者,对你而言,我的存在是如此微不足道。

　　也许他有太多的选择,可是对一个失去人身自由的少女来说,你是我唯一的选择。你选我入宫就等于娶我为妻,你有顾惜我的义务,怎么能对我不理不睬? 她对元帝以及整个汉宫的失望由此萌发——进而成为她日后毅然离开汉宫的因由。

　　在数千年后,端详整个事件,存在于时间的尘埃之外。我们的观察势必要多一份全面、从容和冷静。否则,滔滔的讲述将只会成为词汇堆砌的表演,毫无意义。

　　毛延寿诚然全无品性可言。可王昭君自己也有失策的地方。贿赂之事,在宫里显然是个潜规则,瞒上不瞒下,大家心照不宣。

　　突然冒出来一个昭君,只有她不予遵守,她觉得自己可以例外。

　　也许是因为家贫,拿不出毛延寿要的百两黄金,也许是拒绝被勒索。以昭君的性格,她拒绝的是贿赂这件事,而不是针对某个人。

　　她一开始心比天高,却不料命比纸薄。性格刚烈,再加上对自己容貌的自负,渐变成宁折不弯的高洁。

可是,任何事的存在都有其合理性,虽然不一定合法。毛延寿作为一个宫廷画师,敢于草菅人的相貌,指鹿为马,颠倒黑白,一定有他这样做的底气。说不定,正是出于广大秀女和后妃需要。

应该这么想,毛延寿耽误了王昭君,却未必没有惠及其他人。这世上出落成王昭君那样倾国倾城的绝代佳人毕竟是少数。大多数人,即使是选入皇宫的,也未必就美到如何如何。毛延寿这样的画师国手无疑是这些仅具有中人之姿,又力求出人头地的女孩子们的际遇和救星。他收下黄金,就将她们画得美一些,让她们有机会出现在皇帝面前,凭自己的魅力去吸引皇帝。

对于那些已经晋升为妃嫔的女孩来说,她们要固宠,要竭力留住皇帝的心,自然不希望源源不断冒出太多对手。毛延寿将新晋的秀女画得虽然美,真人却不能令皇帝留恋,不能受宠。如此既满足了皇帝猎奇的心理,又不会形成威胁。在某种程度上毛延寿的行为暗合了女主子们的心思。这是为什么大家都讨厌毛延寿的勒索,毛延寿又能在汉宫横行的原因。

从皇帝长期如此信任毛延寿的情况来看,他的本职工作干得还不错,画出的美女还都比较符合皇帝的口味。

一点黄金,换一个机会,我觉得很合理。问题是,王昭君觉得不合理。说白了——她既想得到,又不想妥协。

对于一种已经趋于稳定的制度,在不具备反抗能力时,要贸然反抗,必定会成为首当其冲的受害者,勇于反抗,固然是具备了相当的勇敢,但无疑也相当地不明智。

王昭君的性格缺乏迂回,这是她受到挫折的原因。即使她当时给了毛延寿贿赂,顺时应势,也未必就低贱了她的人格。很多时候,顺服是大势所趋,它不代表缺乏道德,懂得转圜是个人随机应变充满韧性的表现。

"将欲取之,必先与之。"——她完全可以忍耐,等见到皇帝之后再痛陈弊端,回头收拾毛延寿。这样,不仅改变了自己的命运,也会改变后来人的命运。

在没有绝对的把握之前,你凭什么以为你是例外?

人生,是由无数偶然形成的必然。王昭君做错了一个决定,虽不至于满盘皆输,但已足以改变日后事态原有的发展。可以这么说,如果不是毛延寿,出塞的可能另有其人。如果不是王昭君出塞,匈汉两族的和平能不能维持百年之久也在未知之间。

毛延寿虽然贪功好利,鼠目寸光,但从另一个角度看,他也不失为一个很有信念的人,他是个实用主义者——只爱金钱,余者皆不入眼。连倾国倾城的美也动摇不了他。

【二】

终于有一天,元帝心血来潮,夜游宫禁,发现了幽居的王昭君。她的琵琶弹得这样好,如清月一样忧伤妩媚,一路引领他来见。

月光色，女子香。他踏着月光，一步一步来到她面前。王昭君生命中第二个重要男人出现了。

在书生的梦里，元帝和美人提早相遇了。相遇，填还了他们的遗憾，也叫他们来日分别时更加肝肠寸断。

昭君盈盈下拜，口称万岁。这声音柔美得闻所未闻。小黄门提着灯笼，元帝就着光看去，一时色授魂予。这怀抱琵琶罗衣清寒的美人使他怜惜。她像流落凡间的月中仙子，脸上流露出怯怯的迷茫。他特为这意外发现而振奋，未料冷宫之中还有这样的遗珠。

不出所料。皇帝对昭君一见钟情。

她幽怨的目光渗透他的身体深处，一股清凉的泉水流向他身体的下游，使他颤栗。每当皇帝凝望着昭君，就觉得心中的爱意如同大海的浪花，汹涌而层叠地将他淹没。他对这降临于己身的美妙爱情充满虔诚的感激。

他放下矜持自重的身份，情不自禁地对她表白兼致歉："休怪我不曾来往乍行踏。我特来填还你这泪揾湿鲛绡帕，温和你露冷透凌波袜。天生下这艳姿，合是我宠幸他。今宵画烛银台下，剥地管喜信爆灯花。"

面对昭君，他确实是个多情天子。

面对他的深情凝视、殷切询问，王昭君心如鹿撞，心花怒放。她何尝不是喜从天降！三年，一千多个日夜，她终于挨过去了严冬一样时间凝固的日子——朝思暮想的男人终于来到眼前。

他和她想象中的既一样，也不一样。他和她想的一样威严、尊贵、英俊，却又比她预料的更温柔、体贴、多情。

随着他的降临，她一切的委屈烟消云散。她终于得到了他的眷顾，垂怜。她终于用等待证明自己坚持的信念是正确的。

第一次领略到男人爱宠的她，紧张得像荷叶上的露珠微微颤抖。她还保持着少女的体香和令人喜悦的矜持，这令习惯了女人主动献媚的皇帝惊喜不已。他再次掌握了主动权，可以慢慢引导她。

她紧张，在偶然中，她接触到皇帝的双目，儒雅的皇帝眼中有一种犷悍的光芒……

也许，是被皇帝男性的犷悍所迷惑。也许，是被皇权的威严所震慑，她没有再挣扎。依偎在他怀里，接受他的爱抚和挑逗。

如同化冻一般，她变得更加甜蜜诱人。

在狂悍奔恣之余，她的思维陷入迷离中，有喜欢，有潴惑。她搂抱着他，想到的却是那个做小动作的男人，她有扬眉吐气的快感——毛延寿，我不给你黄金也做到了我要做的。

女人对男人的爱往往是从崇拜和敬畏滋生的。当她面对的人是皇帝时，又格外不同……仰望他，是她的本能。他高高在上，尊贵如同星辰，使她眩晕，她不自觉地顺服。在她单纯渴爱的心里，大汉天子是世间最至高无上的人。他可以控制一切，支配她的命运。而她所要做的，就是顺服，接受他的安排。

昭君和元帝全身心地投入到这份丰沛的爱中，享受着心心相印带来的愉悦。

良辰短少。元帝想起要处置毛延寿时，已经迟了。

消息走漏……皇帝缺乏保密意识。毛延寿又是个人精，他在宫里经营多年，消息灵通。得知皇帝宠幸昭君，就知事已败露，一不做二不休，他带着昭君的画像去见正来长安朝见的呼韩耶单于，添油加醋游说了一番之后，呼韩耶动了心，指名要这个美人做自己的新阏支。

毛延寿与画中的美人对视，露出了阴冷的笑容，他是胸有成竹的猎手，看着她再次落入掌握。他深知只有呼韩耶才能与元帝对抗，取悦了呼韩耶，才能保住自己的命。

在王昭君的生命中，这个看似微不足道的男人一直有着举足轻重的影响。

此时，昭君已被正式册封为明妃。她和元帝相见恨晚，难舍难分，形影不离，丝毫不知危险来袭。

"明妃"其实不是元帝赐予昭君的封号，而是后人为避晋帝司马昭之讳而改称她为"明君"，又因阏支地位类于后妃，后人又多敬称之为"明妃"。

事实上，昭君从未成为元帝正式的妃子，更未有过肌肤之亲。入宫三年，见君一面，命运冷漠轻率地处置了一个女孩的青春。

他们第一次相见，是在自请和亲之后的皇家谒见典礼上，元帝见到昭君,只觉得神魂颠倒,她明艳照人不可逼视。史书上难得细腻地用了八个字"顾影徘徊,竦动左右"来描述她的美:连那些本应保持镇定礼节的大臣、侍者也惊于她的美而失态了。

佳人在侧,暗香萦绕。呼韩耶心旷神怡,王昭君的美连见惯了美人的元帝也目瞪口呆,何况是妻妾相对稀少的呼韩耶。

呼韩耶大喜过望,立刻山呼万岁,热情地表示着自己的感激和臣服。他不明就里,对汉皇的慷慨和眷顾深表感谢,却不知元帝早已暗悔断肠。

对于昭君为什么肯远嫁匈奴,已不必再过多讨论。但对于元帝怎么舍得王昭君这样的大汉第一美人离自己而去,还是要细细来追述一番的。

为了留住昭君,元帝明里暗里肯定下过不少功夫。是战是和,是暗中掉包还是公开另择他人,他一定经过反复掂量仔细斟酌。

戏中,呼韩耶大兵压境,指名要纳昭君,元帝手足无措。做梦也想不到刚和昭君相爱,转眼就要离分,这恩爱浓情怎么割舍?

他求助于大臣,大臣或面露难色缄口不言,或义正词严教他舍弃妃子,乞和于呼韩耶。

看着眼前这群酒囊饭袋,元帝出离愤怒了!皇帝和大臣之间的矛盾暴露,激化了。元帝第一次如此激烈地直言不讳地指责大臣:"我养军千日,用军一时;空有满朝文武,那一个与我退的番兵!都

是些畏刀避箭的，恁不去出力，怎生教娘娘和番？兴废从来有，干戈
不肯休。可不食君禄，命悬君口。太平时、卖你宰相功劳，有事处、
把俺佳人递流。你们干请了皇家俸，着甚的分破帝王忧？那壁厢锁
树的怕弯着手，这壁厢攀栏的怕擗破了头。"

　　大臣们试图用煌煌的道理来说服他妥协，和亲乃本朝列祖列宗
的家法。呼韩耶忠心效顺，如能结以婚姻，永息干戈，再无外患，实
为社稷苍生之福。

　　皇帝已经看穿这帮道貌岸然的臣子虚伪虚弱贪生怕死的本性，
他愤懑地反驳：

　　俺又不曾彻青霄高盖起摘星楼；不说他伊尹扶汤，则说那武王
伐纣。有一朝身到黄泉后，若和他留侯留侯厮遘，你可也羞那不
羞？您卧重茵，食列鼎，乘肥马，衣轻裘。您须见舞春风嫩柳宫腰
瘦，怎下的教他环珮影摇青冢月，琵琶声断黑江秋！

　　他指出，你们只知道谏阻我，你们是否应该检点自己，遗忘了自
己为臣子的职责？只说是，君王无道，天下伐之，怎不说君得贤臣，天
下大治？说到底，是你们无能，叫一个女人去牺牲，替你们承担责任！

　　后人对此有诗评价："何事将军封万户，却令红粉为和戎。"我觉
得，这里是书生借元帝之口在宣泄自己内心的不满，痛斥现实中尸

位素餐的官员们。对民族沦亡还记忆犹新的书生,联系自身潦倒的
际遇,不禁悲从中来。

一个国家走到今日沦亡的悲惨境地,自然有着种种复杂、深重
且不可调和的社会矛盾,不可避免和吏治的腐坏紧密相关。仔细想
想汉的臣子,他们的种种行径,可不就如书生讥讽的那样吗?

我认为,元帝指责大臣的话,堪称警句。即使是放在现代,也不
乏警示的作用。不过,这样的话,一旦说出就代表情况已经严重到
一定的程度。

汉元帝和唐玄宗大有同病相怜之处,他们都曾受大臣逼迫。在
危难关头,都曾被大臣振振有词地谏奏:"请陛下割恩吧!"

他们的妻子,同样深明大义:"妾既蒙陛下厚恩,当效一死,以报
陛下。妾情愿和番,得息刀兵,亦可留名青史。"

相似的情节,是文学家拙劣的模仿,还是身处其间时,身不由己
的必然?

【三】

元帝进退维谷。

在书生的理解中,这位汉家天子是个身背着重重枷锁,表面看

来掌控一切,实质上是天底下最不自由的人。

他孤独。虽常有美人在侧,却缺乏情投意合的伴侣,当他好不容易弱水三千只取一瓢饮时,外力又来横加干涉,逼他献出妻子来委曲求全,苟且偷安。

难道再次和美人失之交臂? 不,他不愿意! 一想到昭君将离他而去,他就难过得撕心裂肺,犹如天崩地裂。

庶民尚知杀父之仇和夺妻之恨不可谅解,而今是,堂堂大汉朝天子的爱妃被人强索。这口气要怎么咽下? 人家已经欺到家门口,一旦顺从了呼韩耶,他成什么了? 堂堂大汉又成什么了?

面对困境,他不是没有反抗! 他一直在挣扎。他竭力维护心爱的女人,更要维护自己男人的尊严。身为汉家天子,连妻子都保护不了,还谈什么荫覆黎民。

这戏中一朝天子犹如困兽。遥想着先人的威仪,他不得不黯然神伤。国势式微,自己声威不济。

他在朝堂上失态咆哮:

当日个谁展英雄手,能枭项羽头,把江山属俺炎刘? ——全亏韩元帅九里山前战斗,十大功劳成就。恁也丹墀里头,枉被金章紫绶;恁也朱门里头,都宠着歌衫舞袖。恐怕边关透漏,央及家人奔骤。似箭穿着雁口,没个人敢咳嗽。吾当僝僽,他也他也红妆年幼,无人搭救。昭君共你每有甚么杀父母冤仇? 休休,少不的满朝中都做了毛延寿！我呵，空掌着文武三千队，中原四百州；只待要割鸿沟。陛恁的千军易得，一将难求！

威逼，于事无补；利诱，不为所动。面对麻木不仁的大臣，他的悲怆；他的愤怒已经达到顶点！

和亲虽是本朝家法，不过，你们也要想一想，此一时彼一时，时移世易的道理。国势不振，不得已而和亲，是委屈所以求全。而今是你们不思效力，苟且偷安！

极度的愤怒之后，他还是妥协了！有无数人感慨，何以中国就不可能发生特洛伊战争？原因出在中国的道德观绝不允许一个男人倾国之力去保卫一个女人，哪怕是保卫一种稀世难得的美。否则，这个男人就丧失了为人君的资格，他不配再掌有这个国家。

同样是爱情和皇权的较量，同样他选择了屈服！

面对外软内硬的大臣代表——尚书石显，他悲愤地高呼："大抵是欺娘娘软善，若当时吕后在日，一言之出，谁敢违拗！若如此，久已后也不用文武，只凭佳人平定天下便了！"

你有甚事疾忙奏，俺无那鼎镬边滚热油。我道您文臣安社稷，武将定戈矛；您只会文武班头，山呼万岁，舞蹈扬尘，道那声诚惶顿首。如今阳关路上，昭君出塞；当日未央宫里，女主垂旒。文武每，我不信你敢差排吕太后。枉以后,龙争虎斗,都是俺鸾交凤友。

　　大臣们当然不敢。当年吕后是何等的刚毅霸道,令他们仅仅想起她毒辣的手段也会双腿颤抖不寒而栗。不过,时移世易,现在朝堂上坐的是汉元帝。他们明欺他柔懦——元帝不比先人精明果敢,致使大权旁落,自己受人摆布。

　　讽刺的是,恰恰是为了巩固皇权。他宣扬儒道忠君爱民的思想,以儒治国的方略自他明确。他给自己精心打造了一个牢笼,要服众就将自己塑造成一个道德表率。个人利益必须服从于国家利益,要舍弃自己的私欲,使之顺服于公理。他必须忍痛割爱,才能维护他自己建筑的道德体系。

　　——使大臣无条件效忠的理想终于实现。但他在世时并未受惠,惠及的是后世的君王。

　　从这个意义上讲,元帝是坚忍而富于担当的。他不是表面看来那么优柔寡断。但他是多么无助啊!绝望无时无刻不在侵蚀着他。他已经千疮百孔,巨大的灾难迎面袭来,转眼间,就要灭顶了!

　　举目望去,满朝文武熙熙攘攘,吵吵嚷嚷。他们看起来一本正经,没有一个可以真正帮到他。

　　他不由想起先祖的事,高祖由民间起兵抗秦。他的身边聚拢着从四面八方赶来襄助他的人。因为有那么多多谋善断、骁勇善战的人才,他才可以屡败屡战,最终冲破命运的魔咒,击败项羽,建立大汉。

　　而今他求告无门，欲哭无泪。他需要借助大臣们的力量，却无从着手。大臣们看似温顺，实际上凌驾于他之上，为了自己的利益集体摆布他。他有什么办法？他被孤立、挟持了。

　　他又想起童年。童年的记忆给他留下太深的阴影，以至于影响到他性格的形成。

　　一切，要从上代的恩怨溯起，事缘他父亲流落民间的经历，汉宣帝是汉武帝的孙子。武帝晚年多疑，他宠信江充，造成巫蛊之乱。这起政治风波牵涉之深，险些动摇国本——太子刘据被诬谋反，皇后卫子夫自尽。太子一脉险被斩尽杀绝，只余一个儿子刘询（刘病已）。刘询流落民间，受到掖庭令张贺的照顾和看重，由他做媒，将下属许广汉的女儿许平君嫁给他。

　　机缘巧合，本来在许家做倒插门女婿的刘询在握有实权的大臣霍光的扶植下即位为帝，此后，在非常长的一段时间里，他一直受到霍光等大臣的操纵，不能表达自己真实的意愿。

　　宣帝虽然竭力依照自己的意愿立了结发妻子许平君为皇后，他们的儿子刘奭也随即被立为太子（即后来的元帝）。但那时的宣帝，没有能力保护自己的妻子。在许平君第二次怀孕时，年仅十九岁的她死于明显的宫闱阴谋，霍光的妻子派人将她毒死，只为让自己女儿霍成君成为宣帝的第二任皇后。

　　许平君死时，元帝只是四五岁的幼童，但幼童的记忆，有时很可能意想不到的深，并且具有不可挽回的影响。母亲死时的蹊跷，父亲的隐忍，大臣的跋扈，当时一切的杂乱留给他隐秘纷乱的印象，像从眼前一掠而过的神秘园林。待他更懂事一些，他会自行抵达那里根据记忆重新深入探索。

父辈的经历给予他残酷、崎岖的心理暗示。他怀着难共人言的不安。皇位是不稳的——终此一生，他都背负这样的压力过活。因为他亲眼见到父亲是怎样身不由己受大臣操控。

宣帝曾嫌自己的儿子性格柔懦。他是否有觉察，刘奭更多承袭了许平君温和善良的性格，而非他的果敢刚毅。更何况，他亲眼见识大臣们的力量。他惧怕落回父亲那种艰难屈辱困窘的境地。他怕遭到母亲那样被残忍地剥夺生命的对待。

种种的因素汇聚在一起最终促成他信仰的形成——他的危机意识促动了他要以儒治国，要宣扬彻底忠君的思想，使大臣们彻底地忠于自己。

信仰决定了他的行为，也早在冥冥之中，决定了昭君出塞的结局。因为换一个人，也一样。

以儒治国的政策并非元帝首创。武帝时就建立起以法为主、以儒为辅，内法外儒的一种体制，对广大百姓宣扬儒道以示政府的开明，在政府内部又以严酷的刑法来约束大臣。对于武帝来说，尊儒只是怀柔政策，并不等于弃法。法，仍是武帝最终的裁决手段。对司马迁施以宫刑即是其中最著名的例子。

作为一个施政者,元帝显然欠缺掌控力,施之偏颇了。戏中的尚书石显,现实中是个宦官,在先朝便掌管枢密要件。宣帝精明强干,阴险而有才的石显不敢为非作歹。元帝柔懦,石显得宠把持朝政,培养羽翼,渐成权臣。元帝的宰相是凿壁偷光的匡衡,学问虽好,办事能力却不行,所以也沦为石显的工具。

戏中的皇帝面临着不可挽回的局面,想着昭君去后自己的凄凉,哀恸叹息:"虽然似昭君般成败都皆有,谁似这做天子的官差不自由!情知他怎收那朦满的紫骅骝。往常时翠轿香兜,兀自倦朱帘揭绣,上下处要成就。谁承望月自空明水自流,恨思悠悠。"

《汉宫秋》最成功之处是塑造了一个身心受困的皇帝,而非一个凄苦无依的昭君。将皇帝当做一个普通男人来解构,从而打破对权力的盲目崇拜。审视生命中的不自由,进而申述自由的重要,是马致远独到的创举,也是《汉宫秋》真正的价值所在。他剖析了元帝心理,将他内心的痛苦、无助、矛盾、抗争、妥协、屈服,以及追悔写得纤毫毕现。这一切虽是出自于书生的臆想,却能够使人信服、感动。

人和人根本上是没有区别。

《汉宫秋》未曾脱开一些固有的意念,比如昭君对入宫三年不能面君的怨艾,对恩宠的渴望,以及她出塞的悲戚,一个女子,对所肩负和担当之事的沉着及无可奈何。这些——都未脱开前人桎梏。

它在心理上涉及的高度,显然要高于文学。

人们只在意昭君出塞时的悲戚,却未留意过她真正的悲戚自何处涌出,忽略了她接到出塞的噩耗时心理上的落差。

就如书生所虚构的那样,她成为皇帝的妃子,可刚当了皇帝的宠妃没几天,刚以为一步登天、终身有靠,连带整个家族飞黄腾达,谁知道就要被当成国礼送出。刚刚建立起的生活秩序被破坏,树立起的崇拜感失手打碎,割得她体无完肤。

她心里会比元帝好过吗?我的夫君啊,实指望你是无所不能的天下第一人,谁知道你面对我的离去束手无策,谁知道你陷于与大臣的角力中,小心算计,无力自拔,你有意无意将我当做了政治筹码。

不幸的是,你输了我。

【四】

在书生的描述中,呼韩耶是强悍入侵的外族的代表,仗势欺人,蛮横无理。一如现实生活中欺凌他们的蒙古王朝。

除了"昭君怨",还有"文姬恨",同样是不断被文人津津乐道的——越是在国难当头、民族沦亡的时刻,这两个女子被捧出来化为图腾的频率越高。文人再叙和重现她们故事的原因,是为了找回自己日渐失落或已经失落的文化自豪感,是在幻觉中对现实强烈不满的隐形反抗。

指责一个社会缺乏什么,需要什么是容易的,提出的解决方案也貌似可行。可是纠结于自己的大民族文化情结的书生并不知,真正的变革不是由书生意气来促动,它必须建立在对现实社会的充分的认知上,对现状理解、同情,精确知道症结在何处。试图改进它,并知道怎样避免不必要的麻烦。

这一点,不仅是在蒙古人统治的元朝,在任何一个时代、社会,都是适用的。

当书生把社会现实投射到历史事件中时,史实在他笔下发生了不可避免的扭曲。当初匈奴五单于内讧,呼韩耶投靠汉朝,受到汉朝的扶植而成气候。虽是出于各自的政治目的,但彼此总算关系友善,合作良好。呼韩耶对汉朝的态度一直友好,并景仰汉文化,他和汉朝之间有着秘密的政治交易及约定,并一直能够遵循。

对于历史上的昭君来说,呼韩耶是她的转机。

如果没有他,王昭君只是深宫白发寂寞美人,不会有机会得到元帝的垂顾,使他念念不忘。呼韩耶的出现,充分说明了什么叫"天无绝人之路"。昭君嫁与他,以行动证明了什么叫千里姻缘一线牵。

对于王昭君来说,她刚强高洁的秉性未因寂寞而折损。当元帝下达诏书征请和亲的宫人时,王昭君挺身而出。她奔涌的众多念头中定有一念是"此处不留爷,自有留爷处"。

我不在这里干耗了!

赠予不懂珍惜的男人最好的纪念和惩罚就是适时离开,使他对自己刻骨铭心,却又措手不及。

实事求是地说,元帝在最后一刻也没放弃努力,他想着重赏之下必有勇夫,煌煌大汉难道没有一个能够为君分忧、力挽狂澜的人?

他提出谁要是能够不让昭君出塞和番就封谁为一字并肩王,但他的努力更像是垂死挣扎,是徒劳的,大臣们对他的许诺不闻不见。不是不动心,而是,事已至此,这根本是个不可能完成的任务。

换上了胡服的昭君,一样美艳动人。她与元帝不同,放下明妃的身份,她依然是王昭君,无论去哪里,都会是众人瞩目的焦点。而刘奭如果不是皇帝,在众人中他能不能获得同样的尊重和认同呢?

这不是个问号,而是个省略号。

无须担心昭君的未来。绝代的美人和绝世的好玉一样是不会轻易被埋没的。所谓的埋没,只是时间赐予的磨砺,使之更含蓄、久远。从呼韩耶看她的眼神就知道他对她的痴迷和钟爱,绝不逊于汉元帝。

昭君的美历来为人称颂,没有引起争议,那是因为她的美不具备侵略性,她和众多留下恶名的美人不同,她们拥有残忍而天真的美,而她的美是柔和的、慈悲的、令人臣服的美。

她的眼睛朝汉朝的皇帝望去,汉朝皇帝魄荡魂销。他的心瞬间龟裂了,孤独和绝望强悍地涌进来,分割了他。他悲戚欲绝,知道毕生再也等不到这眼神降临;她的眼睛朝匈奴的单于看去,像甘甜的杏雨,熄灭了他内心掠夺的欲火。他的心变得像春回的大地那样润泽、丰盛,充满仁慈。

黯然销魂的,是昭君自审的眼神。

灞陵桥头的垂柳,无力地拂动。熏风万里,却无力再续你我的情缘。她的脸转过来,低垂下来,她痛苦得面无表情,娇躯轻轻颤抖,她就像一朵花迅速地从枝头凋零、败亡。

风又起了。启程的时候也到了。泪水使她的双眸更加明亮、动人。

她说,此一别,怕不能不复见了。留下我的汉家衣装吧。

他没有说出口——你,是这个国度里我唯一愿意背负前行的行装。

凄艳的背影。荒凉的前程。我将以我的柔情为你筑起坚固的堡垒,守卫疆土,抵御外敌。

我亲爱的夫君啊,请不要为我流泪,毋再以我为念。

你拥有的是天下,而我拥有的天下是你。

人人都有难以割舍的部分,我们都是在为各自的拥有付出,你为了天下,我为了你。

在这一刻,我才觉得自己真正衬得起你,由一个一无所知的女人,成为你的"明妃",成为承担天下的女人。请将这一刻定格,永久地封存。

你跟我,一一把自己还给了天下。我们生死与共,义无反顾地放下自我。像水滴融入大海那样化入这个庞大的世间。

我会，去做我应该做的事情。

我会，跟从你的脚步，奔向约定的前程。

我十分质疑书生安排的漫长的送行情节，让元帝一个人在那里絮絮叨叨，哭诉离情别绪。

过度的表白具有表演的性质，透露出一个男人内心的孱弱、可鄙。

元帝到此时应该沉默了。他还能说什么呢，一切都无法挽回了！亲手送自己的女人到另一个男人的怀里，还要以国礼送出自己的领土之外。这将是他毕生最大的耻辱，完全不可掩盖的耻辱。

这个时候他应该像是《诗经》里唱的那样："远送于野，瞻望弗及，泣涕如雨。……瞻望弗及，伫立以泣。……瞻望弗及，实劳我心。"

我送你到郊外。望着你逐渐离我远去，由于悲戚而难以开口说出完整的话；因为心怀愧疚所以在你背后，久久地伫立；由于想到你走后我的生活的惨淡而暗泣。

心中的痛苦像漩涡一样越来越深。

《汉宫秋》里的大段词，听起来更像是书生扮演着皇帝的角色对着昭君诉说心意，烦琐而词不达意。你听——"锦貂裘生改尽汉宫妆，我则索看昭君画图模样。旧恩金勒短，新恨玉鞭长。本是对金殿鸳鸯;分飞翼,怎承望!……宰相每商量,大国使还朝多赐赏。早是俺夫妻恓快,小家儿出外也搊装。尚兀自渭城衰柳助凄凉,共那灞桥流水添惆怅。偏您不断肠,想娘娘那一天愁都撮在琵琶上。您将那一曲阳关休轻放,俺咫尺如天样,慢慢的捧玉觞。朕本意待尊前捱些时光,且休问劣了宫商,您则与我半句儿俄延着唱。可怜俺别离重,你好是归去的忙。寡人心先到他李陵台上?回头儿却才魂梦里想,便休题贵人多忘。"

虽然情真意切,却始终透着一股褪不去的小家子气。

关于离别最好的描述,是宋人柳永那句:"执手相看泪眼,竟无语凝噎"。

将尖锐的离别痛楚,隐藏在伤感优雅的叙述里。

由于不甘,书生安排昭君在前去匈奴的路上死掉。他让她死得非常艺术化,在黑江一番汉交界处。昭君取酒奠故土,祝告之后投江自尽了。

她的一生戛然而止,保全了所谓的名节。而呼韩耶,居然没有觉得自己丢脸,被戏弄了,反而立即从一个汉人的立场敬佩起这个女人起来,然后幡然悔悟,将汉奸毛延寿送给元帝处置。

——多么牵强的转变。

如果昭君轻生了,元帝会怎样?他自然是朝思暮想,嗟叹不绝。可是事情仅仅这么简单吗?万一呼韩耶勃然大怒,挥兵南下,元帝和昭君所作的忍让、牺牲，不都全无意义、功亏一篑了吗？

由于悲情色彩是被文人自作主张涂抹上去的，终显矫揉造作了。以这样的逻辑，我们要赞颂元帝和昭君为国家和民族牺牲了个人的爱情。

事实上，他们是各取所需的。还有，说得残忍一点，这是他们身在其位必须的担当，这是他们的宿命，没什么可抱怨的。当然，他们能以大局为重，这也难能可贵。

个人利益服从国家利益，避免了生灵涂炭。牺牲如果可以换取百年的和平，那就值得肯定。

昭君出塞后，元帝身陷无边无际的孤独里，无力自拔。孤独本身，就是聆听自己孤独的脉搏。在空旷的宫殿里，闭目。伊人仍活在记忆中，出现在每个角落。世界在身边凋零，飘谢了。他听见——思念在心里日夜不息、蓬勃生长的声音。那是摧毁他生命的声音。

——如此细小却清晰。她遗下的思念长成，覆上他的身，缠绕亲吻着他的颈项，愈来愈紧。他终于哀恸，窒息死去。

西汉的光辉随着他的离世一道熄灭了。他的儿子就是那个宠信赵氏姐妹，最后精尽人亡在赵合德床上的汉成帝刘骜。

成帝之后，西汉很快在王莽的手里覆灭了。

而昭君，在匈奴生活十余年后于三十八岁故去，她很适应那里，育有子女，她的两任丈夫都很爱她。

有一首《千风之歌》，我想留在最后，献给这个带来和平的伟大女人。

请不要伫立在我的墓前哭泣

因为我并不在那里

我并没有沉睡不醒

而是化为千风

我已化身为千缕微风

翱翔在无限宽广的天空里

秋天

我化身为阳光

照射在田野间

冬天

我化身为白雪

绽放钻石般的闪耀光芒

晨曦升起之际

我幻化为飞鸟

轻声地唤醒你

夜幕低垂之时

我幻化成星辰

温柔地守护你

请不要伫立在我的墓前哭泣

因为我并不在那里

我并没有沉睡不醒

而是化为千风

我已化身为千缕微风

翱翔在无限宽广的天空里

《雷峰塔》

前情往事重追省,只怕他怨雨愁云恨未平。

雨什么时候开始下,空气清冷。西湖水静静地流,雷峰塔的余晖,何时照上了断桥。人间最俊美的少年,擎着伞,经过桥上。温柔多情的蛇妖,眼波轻扬,拂过他的脸庞。她设下情网捕获他,未料真正被捕获的那个,是她。

——题记

【一】

三月西湖,风光,这样好。怎么忽然,一阵大雨。

可否容我坐低,避雨。就在这湖心亭,近揽这三潭印月,遥对孤山,远眺雷峰,那断桥呢,也隔着两堤烟柳,模糊望见。

不知什么缘故,西湖的雨总使我心悲,这个古老的故事,我总是不能忘怀。心事水波浩渺,人事纷沓而来,忽而远去,像飞不远的鹤,长久地困于这阴柔山水之间了。

你问我在看什么,我在看雷峰,雷峰塔不在了。你以为我要说的故事是《白蛇传》?是的,却不尽是,我现在要说的是《雷峰塔》。

这故事开头便与你熟知的版本有差异:白蛇窃食了王母蟠桃,在峨眉山修炼千年,她没有被一个小牧童所救,下凡不是为了报恩,而是凡心偶炽,要下凡觅度有缘人同修。而许宣,原是如来驾前托钵侍者,如来知他和白蛇有宿缘,又怕他久堕凡尘迷失本性,遂派法海下凡监视,待他们了却宿缘之后,收服白蛇。

他们的故事,从开始就笼罩着夭折的阴影。

对此,不单是许宣,连白蛇也懵然不知。她只知道某天醒来,她那澄定已久的心,没来由地一动:"偶因花落点铢衣,忽忆尘凡春色好,出岫休迟。"心念一动,下凡的念头就挥之不去了。

她的义兄黑风仙苦劝她:"那凡夫俗子,只晓得贪恋荣华富贵,怎肯到此修真?你一入红尘,唔,只怕有去无回,那时悔之晚矣!请细思之。"

黑风仙言之有理,奈何白蛇执意要去,她对此的说法是:"我心儿里有宿缘未舒。"

宿缘就是命运强大的暗示。盘踞于心,纠缠她,指引她去做必须要去完成的事情。任白蛇修炼千年,依旧没有绕开命运的陷阱。

也许,那之前的命运不是真正的命运,只是路引。修真成仙不是她的命运。她最终的命运是要去到凡间做一个女人,遇见一个男人,与他相好,被他辜负。

初临人间的白蛇在山温水软的杭州游荡,如同一个新生儿,人间一切的事情在她眼中都新鲜欲滴。她无意遵循一切成规。她的爱情刚刚萌芽,来不及形成标准和具体的对象,她还来不及挑选,就遇见了许宣,那么俊美,那么温柔识理。

忒合姑娘眼缘了! OK! 就他了。

那天的雨下得比今天要绵密。那是她在作法。情丝弥漫,叫他无处可逃。

第一眼,她就看上他。她从不知人间少年的俊美,有那样尖锐骇人的力量。他无意的微笑可以翻转季节,使冬变春,他无心的注目可以使死灰复燃,枯木逢春。

她自恃道行高深。但在那一刻,同舟共济,春心荡漾,四目相对,情愫升起,如这湖底的水草缠住她的脚,绊住她的心。

她坐了他的船,还是他坐了她的船? 不打紧。重要的是,她借去了他的伞。

次日,他要登门拜访。

她设宴相待,对人间懵懂热切的向往,并非蓄谋已久的登场,急忙忙就表示了好感,连嫁妆都要倒贴。她一开始就小觑了许宣。她觉得自己千年道行，幻化成绝色美人，又捏造了一个显赫的身世，有丰厚的身家。一个温柔木讷、无所有的未经世事的少年，还能不上赶着答应吗？

如果，她能多一点耐心，别那么急切，就近在杭州的书肆里淘几本言情小说来看，或者变作个男的，去听几出说书传奇。

若是，她对人世间的法则就会多一些了解，就会明了，情爱中，主动付出的那个，常常是最后受伤惨重的那个。

表面上看，是她悉知了他的一切，而他对她的一切毫无所知。事实上白蛇才是真正未经世事，天真烂漫，反而是人间的少年心事重重。

女妖和女人一样容易被表面的温柔浪漫击倒。以至于，她都忘了像凡间女子那样谨慎，去了解一下意中人真正的性情，思量一下，这个人是不是真的可托终身。

许宣是个凡人，据说祖上世代行商以贩卖药材为营生，是临安城里最最普通的小市民。不幸父母早亡、寄人篱下，他是自卑的。当那天白蛇满心欣喜在西湖饱览美景时，许宣正满心寥落地走在人群中，心里充满了对生活的怨艾、对未来的恐惧。

湖山如洗，春风习习透罗衣。他对眼前的佳人目不斜视。不是不想，是不敢。他深知自己不具备轻佻的资本。七百年前和今天情况差不太多，牛逼的男人不一定有钱，有钱的男人却一定牛逼。

他没钱。不敢在女人面前放肆，甚至不敢大声讲话。可惜。白蛇却把他的自卑拘谨,误解作谦谦君子老成守礼。

她决定嫁给他。

许宣拿着她给的银子回家,准备请媒人去说亲,却发现那正是失窃的官库银子,吓得媒也不敢请了,婚也不敢结了。赶紧脚底抹油,避祸苏州。

我至今没想通白蛇为什么要偷官府的银子,极度让人无语。

只能归结于她才到人间生活,没城府,没经验。

白蛇追到了苏州,追到许宣暂住的王掌柜家。她一番说辞,凄苦无辜,美好的样子,打动了热心的王掌柜夫妇。经过二人撮合,许先生有名的耳根子软,不由卸下疑心,同意和她结婚。

所以人说,女追男隔层纱啊!

结婚后,他们开了一家药铺。生活上了轨道,光速脱贫,奔向小康。如果不是后面的波折,他们很快就会升级为中产阶级。那段时间是他们最美好的时光,许宣依赖她、敬畏她,总之对她万般温柔、千依百顺,一如她心内的期许。白蛇沉湎于情爱的浓烈缱绻之中,忘却了当初下山时要找个人同修的初衷——那冠冕堂皇的理由。

现在,她一点也不想回到高寒的洞府,独自在黑暗中寻觅那遥不可及的永恒。

现在永恒触手可及,近在身边,她相信人间烟火里,藏着她所追寻的永恒。

黑风仙的担忧成为现实,她真的耽于情爱,欲罢不能了。

《西厢记图》册页　（清　费以耕）

她像一道光，漂亮将他毕生都点亮。

他是一道伤，她情愿终身拥有，莫失莫忘。

《挑灯闲看牡丹亭图》（清　王素）

冷雨敲窗不可听，挑灯夜读《牡丹亭》！

《杨贵妃上马图》（元　钱选）

他爱她，甚至认为他们的爱会天长地久。可天长地久的爱情，会随死亡而结束，还是会随着死亡延续下去呢？

——《昭君出塞图》（清 倪田）

再看时，天上月不似汉家月，她已离开汉宫多年。身后时光流转。

男人苍老了容颜，她这一生，总是辗转难安，不单，在男人之间辗转，更，

在民族之间辗转。

——《李香君小像》（清　陈清远）

南明凋零的桃花，盛开在清时素白的扇面。

明明是前朝的风景，却那样引人驻足。

《倩女离魂》绣像插图

我拉着你的手，爱，你跟着我走；听凭荆棘把我们的脚心刺透，听凭冰雹劈破我们的头……

—— 《琵琶记》 小楷 （明 文征明）

翠减祥鸾罗幌，香销宝鸭金炉。楚馆云闲，秦楼月冷，动是离人愁思。

温柔多情的蛇妖，眼波轻扬，拂过他的脸庞。她设下情网捕获他，

未料真正被捕获那个，是她。

【二】

她也不是全无担忧，那夜她和小青月下谈心，她道："青儿，念我啊！暗思掷果，好事多磨，行藏每怕人瞧破。纵欣女萝，得附乔松，尚愁折挫。"

小青道："娘娘请放心。凡事有青儿帮衬，断不决撒。"

在那个月夜，在那样清澈的月光照映下，她像人间女子那样对月长叹，隐藏的担忧浮上心头，凝聚眉尖，被遗忘的时光把握这短暂的时机召唤她回头，那是一千年的光阴啊，抵得了人多少世，不是那么容易就被撇下的。

仿佛人都会有这样的时候（我从未视她为妖），在某个月夜、某个转念之间，打通个人与天地间的关窍，得以重新审视自己。

你是否还记得一样的月夜，虞姬站在荒郊，"猛抬头，见碧落，月色清明。"在那一霎，她洞悉了她和项羽纠结的因缘。她遵从了命运的决定，为他去死。

白蛇感慨："慢道恩情忒煞多，猛然念故我，似孤云闲涧过。一自困缘合，叶辞故柯，未识将来事则那。"

未容她多想。许宣回来了。他打破她难得的反省，一声呼唤便将她拽回十丈软红尘。她见到他，便又眼花缭乱，意乱情迷了："这风光魂销奈何，心里没些裁夺。禁不得乜斜星眼，忍笑微睃。官人。(指月介)圆缺恨娑罗，休轮到我。"

人人以为自己特出，可以永欢聚免别离，白蛇也不例外。她以为许宣对她会永无二心，却不知很快就要面临考验。

实际上许宣自从库银案发后，无时无刻不在怀疑她。他甚至当众指她是妖怪。是白蛇情迷心窍，对此大意放过。

她以为凭自己的巧言可以遮掩一切的不正常，她太自信了，小觑了人在尘世中磨砺出的多疑、狡猾、善变——这正是她千年静修所坚决摒弃的东西。因此，她看不穿他温文木讷的外表下潜伏的机心。

纯阳祖师诞辰，许宣外出遇见了一个道士魏飞霞。魏道士说他身上有妖气，问他情况，他忙不迭地回答，一五一十地告诉人家："阿呀，不瞒师父说，家中妻婢二人，其实来历不明，每每生疑，今蒙法眼看出，但不知有何妙术治之？弟子感戴不浅。"

不是别人调唆，是许宣始终怀疑未释。他对她的感情从一开始就建立在不信任上。拿到道士给的灵符,许宣的心声是:"冤家从此分离,分离。宁甘孤另羁栖,羁栖。凭药物,趁铢锱,又何必叹凄其。春潮动,放船归。"

他宁可和她分手,不要纠缠。他对她没有留恋。可叹的是,白蛇一直对自己摇摇欲坠的幸福充满信心。

灵符吞下,无效。魏道士被狠狠教训以后逐走。真能怪道士多事么?魏道士有他的行事准则。他又不知白蛇和许宣有宿缘,也不知道她一心对他好,绝不会害他。作为一个有理想有道德的道士,他不可能明明看出一个年轻人妖气缠身也不解救,理所当然要出手,至于是不是对手那也得试过才知道。

他输在修为不够,于道义无愧。

白蛇战胜了灵符,却没能战胜雄黄酒。

端阳节她饮了雄黄酒,现原身吓死了他。仙山盗草,救活了他。她以为恩情还如旧,却不料他心里早与她渐行渐远了。许宣不是情圣,他是人,不幸还是个出身寒苦的年轻人,他不是那么有担当,可以担当她是个妖怪的惊悚真相,就像白蛇自己哭叹的:"三生恩爱,何必太惊人。"

真相是,与自己日夜相拥、娇媚无伦的妻子是条大白蟒!他学乖了，一声不吭，努力做出笑脸相迎，一边心理暗示自己，我不过是眼花了。一定是眼花了。

许宣不是个傻子，不但不是，作为一个药房伙计，他还充分沾染了小市民的市侩精神。趋利避害，对他来说再正常不过了。他何尝不怕某日醒来，她就翻脸不认人，一口吞他下肚，做了小小早点，但他对于财色兼收的诱惑无法拒绝，一边忐忑，一边享用。

一波未平，一波又起，不久他又遭了官司。这次是白蛇为了把他打扮得帅气逼人，给他带了龟精进献的八宝明珠巾出外郊游。帅是帅了，衰也衰了。许宣在虎丘鹤立鸡群，还没来得及享受一下众人钦慕的眼光，就被萧太师派出侦查的差人锁拿，扭送官府。

这一次是发配镇江。我要是许宣我也郁闷啊！自从遇到你，就官司缠身，东逃西窜，日子过得提心吊胆。我只想平安过日子，不想做通缉犯。

老吃官司，又被吓死，许宣被白蛇的爱害得不轻，换个男人也未必意志坚定，挺得住。

不久白蛇又寻到了镇江。许宣好命，每次都有收留他的人。白蛇也好命，每次都有帮她说好话的人。这次是何员外出来打圆场，叫他们破镜重圆。

她又一番说辞，凄苦无辜、梨花带雨的样子，打动了何员外，却没打动许宣。许宣此时肯和她重续前缘，百分百是出于保命的需要。只有他知道她现原身时的狰狞恐怖，他不敢惹翻她，只得舍身屈就,委曲求全吧。

他们之间的认识上早就有不可沟通的盲点。纵然她把全世界拱手献上,他仍嫌她是妖怪。

【三】

舆论总是站在白蛇这边。然而设身处地从许宣的角度去想想,他一切的行为虽不高尚,但的确是情有可原。换了你我,未必做得比他好,也许逃得比他早。

《雷峰塔》里有一个小插曲,是说何员外看上了白蛇的美貌,把她引到望江楼上,欲行不轨。白蛇耍了个小法术,立刻把他吓得昏迷不醒,屁滚尿流,醒来之后连喊撞鬼了,我命休矣!

这样看来,许宣还是很带种的!已经看过白蛇的原身,还敢跟她睡在一起,还要做出恩爱幸福的样子,性生活一定免不了,心理素质不是一般的强。说他是胆小鬼真是冤枉人家。

可以想象,在端午节后很长的一段时间里,许宣一直活在极度的恐惧和痛苦中。那条大白蟒时时出现在他眼前张开血盆大口。幻觉也好,梦魇也好,无时无刻不在噬咬着他的身心,其痛苦比抑郁症患者强烈得多。许宣没精神分裂,没自杀已经算神经强悍了。

好不容易摆脱了她。哪怕是官司,想想也值得窃喜。谁知一口气还没松,她又追至,口口声声叫着官人,可想而知,许宣该多么懊恼,多么崩溃!

如果可以,他一定会怒发冲冠,狂吼一声:"你他娘的阴魂不散,有完没完!"

许宣有着明显的人性弱点,敏感懦弱多疑耳根子软,贪图安逸。从小颠沛的生活,使得他手脚勤快,待人和善,也养成他自私市侩的性格。他一直向往安逸富足的生活。如果不是前世的因缘,凭着清俊的容貌和精明的头脑,许宣凭借自己的能力,先做打工仔,然后讨房媳妇,攒钱开个店面,生儿育女,也能平平淡淡终老一生。

这是上天为大部分人安排的生活,按部就班。没什么不好,也没什么不对。他自己也认命了,活得谨小慎微,乖巧伶俐。

遇见她之后,他突然转运了,运气好得不像是真的。在她不离不弃、不计回报的无边无际的爱中,许宣反而日益摇摆动荡起来。他像漂流的小舟,不能确认她如大海般深广的爱,不能确认自己的位置。她越无所不能,得心应手,越让他觉得疑惧、心虚。

他只是这世俗中碌碌无为的男子,甚至连他自己也不能自矜出众,为什么她就单单看上他?如果许宣知道他和白蛇注定有这段姻缘,也许他会坦然,可关键是他不知道,他不知她图他什么。

害他性命——这是他能找到的,认为最合理的答案。

无怪他心虚,遇到她之前,生活从未厚待过他,他总是处于不安定中,仰人鼻息。他的世界里举目望去都是算计,生活就是锱铢必究小心翼翼,刻薄到叫他不能相信有人会对人平白无故地好。

他怕她的柔情蜜意都如镜花水月、空中楼阁，最后落实到一个残忍的、令人不寒而栗的真相上。而她的现形更让他坚信，一切都统统是筑在谎言之上，不值得相信。命运让一个怯懦的男人窥测到情爱的真身——以过于生猛、骇人的形式。

他是爱她的妖娆风情，爱她由蛇变化而来的身体，在暗夜里紧如藤蔓的索取和缠绕。爱她对他好，爱她带来的富裕安康。但他不爱她的本相。

不是真的，就是假的。凡人都会这么想。

就像是为了印证他的想法，法海适时出现在他面前。

一定，一定要说明的是，《雷峰塔》里的白蛇不是《新白娘子传奇》里洞悉世情、行事妥当的白素贞，请勿对号入座。

白蛇的行事带着与生俱来未被驯化的邪气，她仿佛偷东西上瘾，这个嗜好让人十分无语。这次她是摄走了商人的檀香，那商人要投水自尽之际被法海阻止，法海算出东西是白蛇所偷，前去许家化缘。

至此，白蛇和许宣婚姻里的第三者——法海，隆重登场。第三者是个男人，这是这桩公案与众不同的地方。当然，还有很多故事，出来捣蛋的也是好死不死的和尚道士，但论起恶名度来怎么也不及法海。

和所有出现问题的婚姻一样，婚姻出了问题，症结肯定在夫妻二人身上。其次才是第三者。但现代人多喜欢怪法海，骂第三者，谁叫你丫是个第三者，不管男女，一概舆论打杀。

在很多版本的故事里，法海被塑造成一个心理极度扭曲，妒忌人家夫妻恩爱，蓄意破坏，不惜绑架许宣，迫害白娘子，拆散美满家庭的，满口仁义道德的，伪善的死秃驴！盖棺定论的，正是鲁迅在《论雷峰塔的倒掉》里闲闲的一笔，坐实了他"封建卫道士"的罪名。

其实法海比窦娥还冤！如果不是为了执行公务，他犯得着管这闲事吗？何况，以出家人的角度来看，他蔑视爱情，漠视爱情，甚至无视爱情本来就没错。不是每个和尚都有成全有情人的必要和觉悟，像普救寺的方丈一样借出僧房给张生泡妞。

白蛇原本也是无情无欲的，如果她不是偶然动了凡心，贪欢恋爱。她和法海才是同路人，龙华会上拈花微笑，握手言欢。而许宣，才是永生的她，眼中的蚍蜉。

法不孤起，必仗缘生。

【四】

许宣随法海上了金山，他是自愿的，无比心甘情愿。

白蛇的左遮右掩，阻止不了他的疑心，他执意要去进香，一去不回。

之后就发生了无人不知的"水漫金山"。

我不再描述那场争斗，却不厌其烦地将白蛇和法海的对话摘录在这里：

（旦）呀，您道佛力无边任逍遥，俺也能飞度冲霄。休言大觉无穷妙，只看俺怯身躯也不怕分毫。您是个出家人，为甚么铁心肠生擦擦拆散了俺凤友鸾交？把活泼泼好男儿坚牢闭着。把那佛道儿絮絮叨叨，我不耐吁喳喳这般烦挠。

（外）你早早回头，免生后悔。

（旦）哎唷唷，我恨恨恨恨，恁个不动摇，怪他个遮遮躲躲装圈套。怎怎怎怎，不容俺共入鲛绡。

（外）你何苦执迷，快回峨眉修炼去罢！

（旦）您教俺回峨眉别岫飘，把恩爱抛，便作您活弥陀也动不的俺心儿似漆胶。望您个放儿夫相会早。细思量，这牵情心肠怎掉。

（外）直恁泪浇，翻波欲海孽浪高，泥犁堪悲苦怎熬？渺茫茫多罪业难消缴，腾腾烈焰如焚燎。我把他迷途救出缘非眇，庶不负大悲心，如来教。

（旦）恨恨恨、恨佛力高，怎怎怎、怎教俺负此良宵好？悔悔悔、悔今朝放了他前来到。只只只、只为怀六甲把愿香还祷。他他他、他点破了欲海潮。俺俺俺、俺恨妖僧谗口调习。这这这、这痴心好意枉徒劳。是是是、是他负心自把恩情剿。苦苦苦、苦的咱两眼泪珠抛。

法海其实真不算恶形恶状,他一直把握机会苦口婆心劝她回头。他甚至点破许宣负心的真相,但白蛇不肯信。

她和他之间不可逾越的鸿沟就是,白蛇已然将人间情爱视作是自己的信仰,她不是作为一个妖来哀求法海饶恕的,她是作为一个女人来寻夫的,一个女人找回自己的丈夫,寻回孩子的父亲,天经地义。

不愿立地成佛,宁愿走火入魔。恋爱中的女人决绝地可以抗天。人阻杀人。佛阻杀佛。再怎么网开一面的规劝,都是居心叵测的伪善。

爱情生来就是为了打破道义,蔑视规则的。它美好起来让人舍生忘死,它残忍起来让人生不如死。它存在的唯一目的就是让内心的欲望得以满足,不管它是好是坏。

它出现就是为了否定一切!

法海的信仰是情爱根本不值一晒。它只是阻碍人走向永恒宁静的障碍,是一个巨大的陷阱。他认为拯救白蛇、拯救许宣的最好办法就是拆散他们,打破情关迷窍。这方法虽然残酷了些,却可以让他们由无限的失落中认识到情爱的虚幻,重新回到寻觅真正永恒的道路上去。即使自己被误解也没有关系。

世界上的斗争说到底是信仰的斗争。白蛇和法海之间的斗争,不是情与法的斗争,而是信仰的斗争。他们立场不同,矛盾无法调和,只有殊死一战。

水漫金山时，白蛇选择坚持下去。她大可以掉头就走，再寻一个男人，重新开始一段感情，但她没有这么做。如果她这么做了，这个故事就是一个男人的悲剧，而不是一个女人的悲剧。

红尘无涯，苦海无边。她深悉他的背叛，却只能咽下苦水，只因付出的爱纵然灰飞，也不能收回。

当她无限狼狈地从水里逃出来，身边没有许宣，只有小青。她觉得连灵魂都是湿的。那男人沉没了她的一切。

其实，不是白蛇使许宣久堕尘劫，而是许宣叫白蛇万劫不复。需要被解救的那个，是白蛇。

命运是一个迷宫，它又牵引她，回到了杭州，回到了西湖。再次回到西湖，她仿佛经历了世上的一切悲欢离合，现在的她，满身尘埃，遍体鳞伤，早已不是初到人间那个簇新的她。

那京剧里，白素贞唱道："西子湖依旧是当时一样，看断桥，桥未断，却寸断了柔肠。鱼水情，山海誓，他全然不想，不由人咬银牙埋怨许郎。"

现在她是否想起，那结缘的伞，预示着散。相遇的地名，早埋了悲伤的伏笔，包括那场雨所给予的暗示——那是她注定要为他流的泪。以及水漫金山祸衍苍生后的忏悔。

可惜当时，她对这一切的暗示置若罔闻。她义无反顾地爱上他，一个外表俊美，实质平庸的男子。

她不知道她为他在金山寺外鏖战时，他双腿发软，念叨的是："阿呀！此妖来了，怎么处！"她不知道，她在西湖边对景怀人触景伤情时，他仍死躲在金山寺不肯出来。许宣的心声是："阿呀，禅师，他此去必然怀恨于我，想此番见面，必然害我残生。弟子宁死江心，决不与他相聚的！"

还是法海哄他，说白蛇就快产子了，你要去陪她，你和她宿缘未了，她绝不会害你性命——力保他无事才肯去见她。根本不是他满怀深情主动找来的，而是被法海一阵神风送到西湖。

他惊魂未定，视她为洪水猛兽，八里之外望见白蛇和小青，就恨不得夺路而逃，根本不敢靠近："阿呀，吓吓死我也。你看那边，明明是白氏青儿，哎哟，我今番性命休矣！忽听他怒喊连声，遥看妖孽到，势难撄，空叫苍天，更没处将身遮隐。怎支撑？不如拚命向前行。"

阿呀！阿呀！真不幸，共冤家狭路行。吓得我气绝魂惊，吓得我气绝魂惊。且住，方才禅师说：此去若遇妖邪，不必害怕。那、那、那、看他紧紧追来，如何是好？也罢，我且上前相见，生死付之天命便了！我向前时，又不觉心中战兢。

想想许宣仓皇的样子吧，真叫人血都凉透。他何曾视她为妻，在他心中，她只是个死缠烂打的泼妖罢了。还是白蛇忍着腹痛，挺着大肚子跌跌撞撞追上来，像个泼妇怨妇那样扯住他质问："许宣，你还要往那里去？你好薄幸也！"

——真相，这么不堪入目。

真为白蛇不值，这样的男人，爱他什么！因为，他根本不信你爱他！

在后来很多版本里，许宣被美化了。也许是人们太不齿于他的行为，连名字也替他换掉，叫他许仙。许仙仿佛有慧根可以参透凶恶和温柔原为一体的玄机，逐渐接受了妻子是异类的事实，并不为此困扰。只要我们相爱。我不在乎你是什么。

许仙是被法海骗上金山的，被软禁。是一个小沙弥行方便将他放下山来，他才得以在西湖和白素贞重逢。

这样，白素贞对他毫无原则地原谅，显得更顺理成章。

京剧里，白素贞这样质问许仙："你忍心将我伤，端阳佳节劝雄黄。你忍心（你忍心）将我诓，才对双星盟誓愿，你又随法海入禅堂。你忍心叫我断肠,平日里恩情且不讲,不念我腹中还有小儿郎?你忍心见我败亡,可怜我与神将刀对枪,只杀得云愁雾散、波翻浪滚、战鼓连天响,你袖手旁观在山岗。手摸胸膛你想一想,你有何面目来见妻房?"

而《雷峰塔》里白蛇这样质问他:"我与你嗻嗻弋雁鸣,永望鸳交颈。不记当时,曾结三生证,如今负此情。背前盟。贝锦如簧说向卿,因何耳软轻相信?摧挫娇花任雨零,真薄幸。你清夜扪心也自惊。害得我飘泊零丁,几丧残生,怎不教人恨、恨!"

声声恨,字字艳。那层层叠叠的恨从她口中吐出,却虚浮无力至极。

爱是作茧自缚,自作自受。

当我对你情到深处,心血凋零,连自己都失去,恨也如桃李春风般柔弱,情愿委曲求全。她现在只是尘世间一个期待丈夫回头的女子,只要他肯回到她身边,随便给个理由,她就能接受,她就满足。

这边口硬,那边许宣一赔罪,她早就心软如棉了,反过来帮他说好话劝小青:"我想此事,非关许郎之过,都是法海那厮不好,你也不要太执性了。"

小青冷眼旁观瞧得清楚："娘娘,你看官人,总是假慈悲,假小心,可惜辜负娘娘一点真心。"

枉她千年道行,居然这么好哄。情令人迷。可叹她,没有妖的决绝,竟有人的痴缠。

【五】

他们决定去许宣的姐姐家栖身。她嘱咐他："此去切不可说起金山之事,倘若泄漏,我与你决不干休!"这就是白蛇的失策了。这个时候还吓唬他,许宣的心业已光速投奔慈悲的法海怀抱去了。

她总拿自己的丈夫当孩子,替他做主,替他决定。她对他倾其所有,却被他在最紧要关头反咬一口。

背叛得如此不遗余力。

白蛇这边在坐月子,那边许宣忙不迭飞奔法海处报信："我许宣。自蒙禅师指点,方才憬悟。不想此妖到家,即时分娩。今已半月有余,我想再不驱除,终为后患,为此特地前来。"末了拜拜时这个醒睚男还特地叮嘱:"弟子告辞。明日求禅师早降。"

白蛇丝毫不察。随着儿子的降生,她整个人沉浸在初为人母的幸福中,现在她不再惊惧,不再怕人瞧破行藏。孩子的平安降生,意味着她做人的成功,她自觉蜕变成一个完完全全被认可的凡间女子了。

怀抱娇儿,回忆着与许宣的相识、相爱、相处的点点滴滴,她自动略过那些不堪入目的,眉开眼笑,甜入心头:"昔日西泠畔邂逅良缘,风光好压尽桃源。同心赛双头瑞莲,打叠起鸳行留恋。两相投,胶漆更心坚。畅道是月下名题共券,也经他几多折挫颠连。儿呵,你那知做娘的吃许多苦楚呵?想今朝佳况,虽然有万千,一似那玉梅花,风雪虐,始争妍。"

在她心里,许宣永远是初遇时那低头、撑伞,同船渡也不多言,温柔老成的少年。他的眼睛里永远藏着浅浅忧郁,深深不安,像小小蝴蝶,随时振翅欲飞,让她忍不住要去呵护、怜惜。她忘记了他的背叛,忘记自己为他所受的颠连。

最重要的,是她忘记了,人是会变的。许宣早已不是她记忆中的许宣了。又或者,她根本没了解过许宣。

还没来得及了解,就爱上了,是正常的。如果这世上男男女女都将对面那个人心肝脾肺肾望穿,恐怕这世上一早人烟灭绝。爱上了就不能回头,他是她戒不掉的毒瘾,也是悲剧根源所在。

爱上不了解的人，可悲。离不开爱上的人，可怖。

且看那日许宣回到家中，一如既往地温柔，至少在她眼中是这样。她竟然一点没察觉他不对劲，发现他眼中的切盼、煎熬。

这才是真的不对劲——许宣应该没有那么深不可测的城府。

许宣心不在焉，焦躁地计算着辰光。禅师快到了吧，他想。他在她身后为她将金簪插上，盯着镜中那张明媚鲜妍的脸，她正陶醉于郎情妾意中，露出甜蜜无邪的笑容。

一切都是迷惑人的幻象。他挥落内心残存的不舍，想着她就要被收入钵盂中，从此不能再祸害他，从此他安全了——你这妖孽！

他心中涌起一阵阵快感，拿眉笔的手都微微颤抖，忍不住恶毒的、解脱的快意。

他掩饰得如此圆满！就在金钵罩顶的前一刻，仍深情款款地陪她梳妆，仿佛要将这恩爱时光封存："黄波秋静，遥山青展，晓开菱鉴相鲜。水晶帘下，道书在手把闲眠。玉台斜凭，缓把春纤，卸却包头绢。犀梳云半吐，月娟娟，细挽香丝堕马鬟。"

（生）请娘子画眉。（旦）芙蓉靥，梨花面。画双螺隐露黄金钏，弹粉涴，新妆倩。

读到此，真觉心下惊凉。世上恩爱虚伪至此！便是执手相看，画眉好景,你怎知他心里不是在盘算怎么出手击中你七寸。自以为恩爱天成,谁料到良人心怀叵测,笑容未谢,杀招已下。

她至死都估不到出卖她的那个人是他！这个笑容无害、谦卑温良,对她千依百顺的男人！

冯梦龙所著的传奇里,白素贞被害在同寝共枕的男人手里,她死死不肯现本相,怕坏了在他心中的形象。到最后被逼现出原形时,兀自昂首看着许宣,那眼神凄绝欲死——人间说,一夜夫妻百日恩。她一定想他为她出声,哪怕只是欲言又止,发出一个含糊不舍的音节——可惜他没有,牙关打战,一个字也说不出。

他木讷地瘫倒在旁边,瑟瑟发抖,惊惶凝固在他俊秀的脸上,他甚至闭上眼,别过脸去。她盯住这可恨可怜的男人。

到现在才知自己从头至尾都看错,这木讷不是老实,而是懦弱、凉薄、绝情。

他的血冷过蛇血！

许宣为这眼神刺痛,暗夜不安。雷峰塔起先只是法海令人搬砖运石所砌,后来,许宣化缘,砌成七层宝塔,将她永镇塔底。

他惊她出来,找他算账。绝情如斯,夫复何言！

白蛇在钵下垂死挣扎。小青束手无策五内俱焚悲愤欲绝:"您喜孜孜地将他宗嗣绵,他恶狠狠地把连理枝割断。您前生烧了断头烟,遭他把您来凌贱。辜负您修炼千年,辜负您崇山冒险,辜负您望江楼雅操坚，几时再见亲儿面？罢罢，看俺与你报仇冤。"

这是小青替白蛇质问许宣！突如其来的变故使得她震惊莫名！她恨不得将负心人一剑斩杀。她多么地不甘心，姐姐竟然被这卑微的男人玩弄于股掌。

然而，她骂得再一针见血也于事无补了。大错铸成！就算将他碎尸万段，姐姐一样要被压入雷峰塔下，而这个卑劣的始作俑者，不单袖手旁观，显然乐见其成。

小青说："我到世上来，却被世人所误。都说人间有情，但情为何物，真是可笑。连你们自己都不知道。"跟随白蛇，就是小青来世上的经历了，只可惜这经历让她痛彻心扉，她亲眼见证人是多么的无情。

法海说："雷峰塔倒，西湖水干，江潮不起，许汝再世。"

不管是谁，不管动机是善是恶，都必须为所犯的过错付出代价。

时间。时间早已在她身边凝固，裹足不前。一千多年在白云深处修炼，洞府高寒，以为早已习惯寂寞。未料塔底的枯坐，一年竟然冷清过千年的修行。

时间残忍地凌迟着她。又过了多久，某天醒来，她再也闻不到他的气味，遍寻不着。他终于从她的生命中，彻底地，彻底地，消失了。

后来，是不是小青救她出塔已经无从查考。还是她做了状元的儿子——是永不超生抑或得道成仙都无关紧要，她早已化作传说，她的故事被演绎成薄薄的戏文，在人间，随着那湖山水色世代传唱：

可怜他碧水丹山，消声匿影，悲切切落照啼红。……你看湖山如画，风景不殊，只是才更十次闰，已换一番人，石火电光好不可骇也。

叹世人尽被情牵挽，酿多少纷纷恩怨，何不向西湖试看那塔势凌空夕照边。

西子湖风光如旧。草长莺飞二月天，人间又走过多少春衫少年，多少人目光交递，终身纠结。有多少人知道那塔下压着一个多情的女人。她曾为了爱一个男人遍体鳞伤。就算知道她的故事，又有多少人会不以为然，笑她痴傻，千年修行陪住一个男人玩。

多轰烈的故事都会归于平淡，再凛冽的心伤，最终也会淡若无痕。

情亦只是人世经历的一种。可惜，没经历过的人抵死不甘心，定要前赴后继，无惧壮烈牺牲。必得要亲自折腾过，才肯死而瞑目，尘埃落定。

白蛇之前，人间已有无数凄艳的爱情传说，白蛇之后，人间依然不绝这样的传说。

其实你我都知，有很多人间男子，也遭遇了差不多的事。与鬼幽媾的书生，与狐相恋的书生，与鱼私奔的书生，以虎为妻的书生比比皆是。他们也曾惊惧，也曾退缩，也曾逃避，但都不似许宣这般迂腐、顽固、丧尽天良。

许宣最大的错误，是他认定只有人才可以做一个贤妻良母，其实妖一样可以是贤妻良母的。

众生皆有追求幸福的权利。

那男人，据说出了家。愿他和法海都能明白什么是真正的慈悲。

前尘如烟。而今听雨僧庐下，鬓已星星。

他会否忆起多年前西湖边那一场淡烟急雨。

接踵而至，擦肩而过。

爱恨都消匿。你和我，终究做了路人。

《赵氏孤儿》

有恩不报怎相逢，见义不为非为勇。

当我尝试着重述《赵氏孤儿》时，我不止一次地被故事里的义烈所感，血液沸腾。那种性命相见、不求回报的坦荡和执着，几乎，已如神话般灿烂久远。余生也晚，无由得见。

——题记

【一】

在得知真相以后，赵武的人生整个倾斜了。他感觉自己像折断的树枝，坠落在地，被风裹挟，不知道何去何从。

夜，凝固成一块黑色巨石朝着他砸下来。他睁眼感受着即刻就粉身碎骨的凄惶，嘲笑自己后知后觉。活了很多年以后，突然被告知，你所拥有的一切关系都是假的，你在这世上孤身一人，你身负血海深仇，为了死去的人，你要果断复仇。真实却难以解释的感觉——此刻，他最痛恨的不是仇人屠岸贾，而是命运这么多年不容分说的摆布。

他的人生就是颠覆和错位,这种错位在他未生之时已于冥冥中注定,由不得他说不。没有选择,才是他最恨的。

更有甚者,他对身边的一切亲近关系都产生怀疑。他发现,自己所熟识的人纠结在一起,像荆棘一样戒备抵触却不得不含笑相拥在一起。这种隐秘肮脏的勾结让他厌恶,惶恐,不安。

他发现,这个世界云诡波谲,远非他以为的那样简单。人与人之间的关系看似宽泛却无孔不入,看似亲密,实则疏冷。种种虚无的关系勾结在一起,构成了一个真实强悍的世界。

在尖锐的、分分钟可能见血封喉的危险中,只有他,是那个天真无邪的傻瓜。

一个侥幸生存下来的傻瓜,而现在又要举起复仇之剑。

【二】

虽然,一切已不再是秘密。要回溯的话,依然要从上代的恩怨说起。

赵武发现回忆也是困难的,所有的言语都失色。他几乎无法重述那种惊心动魄,如果不是身临其境的话,很难想象祖父处境的艰险,他那时是站在这个帝国最顶端的人。尊崇的地位正摇摇欲坠,危机四伏。

　　谁也说不清，一殿为臣的屠岸贾与赵盾之间几时有了不可化解的深仇大恨，恨意强烈到非要置他于死地，更要坚决地灭了赵家满门不可。

　　赵盾是赵武的祖父。晋国著名的贤臣，忧国忧民，广受爱戴。却被两个人所恶，一个是国主晋灵公，另一个就是屠岸贾。这两个人的怨念加在一起压倒了一切爱戴的声音。在晋灵公的授意下，大将军屠岸贾为了除掉上卿赵盾可谓煞费苦心。

　　他安排了三次暗杀行动。第一次："遣一勇士钼麑，仗着短刀，越墙而过，要刺杀赵盾，谁想钼麑触树而死。"

　　钼麑是春秋时著名的义士，晋国的力士。他为赵盾而死，传为佳话。《赵氏孤儿》里写他受屠岸贾差遣去刺杀赵盾，《左传》上写他受晋灵公的差遣，此事看起来更像是君臣二人的合谋。

　　作为一个死士，钼麑是晋灵公的亲信无疑。他必须完成任务。可当钼麑看见早早起身、冠带整齐的赵盾时，他愧疚了！一个为国为民的人啊，夙夜忧劳，他困倦但只能在席子上坐着打一个盹，一会儿就要起身上朝，有无数事情等着他去决断。而晋国的国主呢，每天不务正业，只知淫乐，更不知爱惜百姓，喜欢在高台上用弹弓射伤百姓。赵盾劝谏他（当然不只这一件事），他就怨恨赵盾，要置他于死地。

　　赵盾全然不知危险来袭。死神就站在门口对他灼灼而视。他在朦胧中所想的是,今日又该如何上朝陈奏,冲破阻力,使那些有利于国、有利于民的政令得以下达、实施。同时还要继续努力劝谏主上,使他认识到自己的错误,改正自己的恶习。

　　钮麑握着短刀,看着洞开的大门、闪烁的烛火,迟疑了——在光明坦荡的赵盾面前,他觉得自己和主谋者都是那么卑鄙龌龊。脚不能抬起。

　　一个君主暗杀一个大臣——一个贤德正直的大臣,本就是一件卑劣的事情。若是,因为君主的私怨怀恨,那就更不值一提了。

　　他可以轻易地进去杀死赵盾,可是他无法面对自己的良心,赵盾不只是一个好人而已! 他是这个国家真正的支柱,是实际上的施政者,是百姓岌岌可危的希望。有他在,至少灵公的胡行妄为会有得到遏制。没有了他,这个国家将会更加一塌糊涂吧!

　　他怎么能够,听凭一个昏君的摆布,摧毁一个国家的中流砥柱,把一个已经千疮百孔的国家推入到万劫不复的境地?

　　主上,我不能完成你交付的任务。大人,我不能对你下手。

　　既要忠于君,又不能背于义,钮麑夹在当中,唯有以死明志了! 以我卑微的生命来暂时化解你们之间的矛盾。即使它可能一点作用也不起。我至少顺从了自己的心意,没有沦为一个任人摆布的傀儡,明知是错,还糊涂地坚持下去。

　　看见我的尸体。希望,你能有所警惕吧,大人。

赵盾是个成熟的政治家，看见撞死在槐树下钽麑的尸体，转念之间已经猜到了来龙去脉，他木立良久，脸上看不出任何表情——该上朝去了。他吩咐左右，厚葬此人，此事不要对任何人泄露。

钽麑触槐而死的事情还是流传出去了。人们在感慨的同时也不免为赵盾担忧着，阴谋总是绵延，不那么容易就停止的。

某日。西戎国进贡了一头灵獒，灵公非常喜欢它，将它赐给屠岸贾，屠岸贾由此得出第二个杀人的灵感："自从得了那个神獒，便有了害赵盾之计。将神獒锁在净房中，三五日不与饮食。于后花园中扎下一个草人，紫袍玉带，象简乌靴，与赵盾一般打扮，草人腹中悬一付羊心肺。某牵出神獒来，将赵盾紫袍剖开，着神獒饱餐一顿，依旧锁入净房中。又饿了三五日，复行牵出，那神獒扑着便咬，剖开紫袍，将羊心肺又饱餐一顿。如此试验百日，度其可用。"

于是上朝去，对灵公说，神犬通灵，可识不忠不孝之人。灵公要他指认。这一幕，更像是君臣暗中排演好的。屠岸贾牵着灵獒走到台前，灵公隐在幕后看戏。

灵獒直扑赵盾而去。赵盾绕殿而逃，慌乱中他瞥到灵公和屠岸贾，脸上露出舒心的笑容。他心下一阵黯然，钽麑的尸体在脑中一闪而过——又是一出蹩脚的戏，君要臣死啊。

正当赵盾觉得自己在劫难逃时，第二位义士出现了！殿前太尉提弥明上前将灵獒打翻在地,将恶犬劈成两半。提弥明的挺身而出搅乱了君臣二人的计划,他救了赵盾,他的结局又能比钮麑好到那里去呢?杀不了赵盾。灵公的一腔怒气必然转嫁到他身上。

赵盾趁乱逃出殿去,却发现自己乘坐的驷马车被破坏,马被牵走两匹,轮子被摘走两个。束手就擒吧,这是屠岸贾的第三个杀招。很快就会有人赶上来,赵盾无路可逃。

很戏剧性的,这时有一人从天而降,这壮士勇猛过人,一臂扶轮,一手策马,逢山开路,竟救出赵盾去了。

这是赵盾生命中的第三位义士——灵辄。

赵盾认出眼前人是那日前往绛都,途中在桑树下所遇的饿夫灵辄。他施予肉食,灵辄饱餐之后不辞而去。他当日不告而别,今日自己有难,他出手相救。

赵盾因屡遭排挤陷害而晦暗的心情,略略振奋起来,对灵辄说,快走!

赵武看见回忆里的祖父慌乱逃窜,只有他知道,他是徒劳的,一切在劫难逃,赵家满门三百口将被斩尽杀绝。

在劫难逃是怎样居心叵测的悲哀啊!深不可测的伤口从天而降,横亘在生命中,成为一座不可逾越的障碍。他念及灭门之痛,痛苦就从身体每一处源源不断涌出来。

痛苦一直潜伏在他身体里。

【三】

如果不是父母特殊的身份，想必我连幸存的机会都不会有。

——念及未谋面就死去的父母，赵武对屠岸贾的恨意又深了一层。

父亲赵朔是灵公驸马，母亲是庄姬公主。赵朔自尽身亡，公主被囚禁在府中。赵武是遗腹子，数月之后出生，屠岸贾得到消息，即刻派人把守府门。

"斩草不除根，春风吹又生"的道理，屠岸贾是非常懂的。为防公主与人合谋将孤儿偷运出去，他派人把守府门，四处张榜通知，但有掩藏孤儿者，全家处斩，九族不留。

能自由出入府中的医生程婴，此时成了公主唯一的指望。为了让程婴没有后顾之忧，托孤之后，公主也投缳自尽了。

还没来得及多看孩儿一眼的母亲，就这样追随父亲去了。

这是个不祥的开始。母亲是第一个为他牺牲的人，后面还有很多。赵武发现他的生命伊始就背负了太多的重量，有太多的恩怨等着他来清偿。

来不及错愕。孩子被搜到就是必死无疑。为了报赵家知遇之恩，程婴只得冒险行事了。

把守府门的是将军韩厥。韩厥对屠岸贾的专横跋扈非常不满，更为赵家的际遇感到不平。碍于屠岸贾一手遮天的势力,他又不可多说什么。

当他遇见程婴,精明的韩厥发现程婴药箱里夹带了孤儿:"程婴,你道是桔梗、甘草、薄荷,我可搜出人参来也。见孤儿额颅上汗津津,口角头乳食喷,骨碌碌睁一双小眼儿将咱认,悄促促厢儿里似把声吞,紧绑绑难展足,窄狭狭怎翻身。他正是'成人不自在,自在不成人。'"

婴儿一哭不哭,只管睁大了眼睛看他,一点也不清楚自己面临的危险。韩厥被这初生婴儿的纤小柔弱打动,悲悯之心油然而生,三百余口人仅余这一点血脉,怎么忍心让这孩子再枉死。

他本不是一个铁石心肠的人,面对的又是忠良之后,对弱小无辜者的同情胜过了履行看守的责任。当他看见孩子时,他是欣慰的,忠良有后了。他希望这孩子活着,长大,伸张正义。要他拿住婴儿和程婴去请赏,换取荣华富贵,他做不出。

你走吧,他说。

程婴绝处逢生,深感意外。

但程婴也是个精细人,他带着孤儿去而复返。面对程婴的质疑,韩厥慨然道:"你为赵氏存遗胤,我于屠贼有何亲?却待要乔做人情,遣众军打一个回风阵? 你又忠,我可也又信,你若肯舍残生,我也愿把这头来列。"

说毕,他自刎了。

不得不感慨,面对生死的抉择,古人比今人果断无畏。他们明确自己行为的是或非,能够自觉地遵守内心的指示。有时坚决得让人震撼。

为忠而死,为义而亡。人因为纯粹而高尚,生命艳似流星。流星连陨落也是带着高贵的目的,它们的从容并不为米粒之珠所知。

慷慨成仁、从容赴死的事,后来越来越少了。那是因为,人心里的得失计较越来越多,多了很多奇怪的想法。

韩厥的死,坚定了程婴保护孤儿的信念。如果一开始,他还有些犹豫,公主的死却让他只能义无反顾地走下去,而韩厥的舍生取义,更让他没有后退的理由了。他抱着孤儿,不知不觉越走越远。

【四】

孤儿还是逃脱了! 屠岸贾咬牙。下令,搜不到赵氏孤儿,全国与孤儿同庚的婴孩一律处死。

当赵武回头重新审视往事时,他对屠岸贾的好感一点一点消弭,对他的厌恨却不断加深。这个人不再是他熟识的人,不再是疼爱他的人,他嗜血残忍的本性逐渐从往事中被披露。

如果说,他对付赵家是出于私怨的话,将屠刀悬在晋国婴儿头上的那一刻,性质变了,不再是私怨。

屠岸贾擅自改变了事情的性质。所以他一定会得到惩罚。

他一定是没有孩子的,他不了解做父母的心情。否则的话,他不能下如此残忍的命令,殃及无辜,仅仅是因为要除掉心腹之患。

直到今日赵武才知道,他还有一个兄弟,程婴夫妇亲生的儿子,一个连名字还来不及有的孩子,仿佛他来世上一趟的意义就是替他去死。

为了保护他,为了全晋国无辜的孩子,程婴夫妇忍痛牺牲了亲生儿子。

赵武终于知道母亲看他的眼神为何总有隐忍的、挥之不去的悲哀。

那是因为早夭的你,她看见我便想起枉死的你,可她不能对我说起,不能对外人显露分毫。这对她而言是多么深重和不能解脱的苦难呵!他想。

我是一个凶手,和屠岸贾有什么不同?赵武自耻着——为我死了太多人。

他追索着。那最惨烈最惊心的死,迫近眼前,是程婴亲眼看见亲生儿子被杀,是公孙杵臼身受重刑后触死阶前。

他多么遗憾从未见过这老人,他们第一次相见时,他还是个婴孩,安然熟睡,连他的样子也不知道。

他本已告老还乡,安度晚年,却为他牵扯进来,丧了余生。

那日,程婴抱着孤儿逃到公孙杵臼庄上。

公孙杵臼已知赵家发生的惨祸。他是赵盾的生死之交,恨只恨无法替赵家出力。见到程婴怀抱孤儿而来,老人欣慰不已。

未容他们高兴,随之而来的,是婴儿危险的处境,如何让孤儿在如此险恶的环境下生存下去,是摆在他们面前严峻的问题。

从程婴的胸有成竹来看,他显然一直在思索这个问题,并在路上有了决定。

程婴说:"老宰辅,我如今将赵氏孤儿偷藏在老宰辅根前,一者报赵驸马平日优待之恩,二者要救普国小儿之命。念程婴年近四旬有五,所生一子,未经满月,待假妆做赵氏孤儿,等老宰辅告首与屠岸贾去,只说程婴藏着孤儿,把俺父子二人一处身死。老宰辅慢慢的抬举的孤儿成人长大,与他父母报仇,可不好也?"

公孙杵臼却另有打算:"程婴,你今多大年纪?(程婴:在下四十五岁了。)这小的算着二十年呵,方报的父母仇恨。你再着二十年也,只是六十五岁;我再着二十年呵,可不九十岁了? 其时存亡未知,怎么还与赵家报的仇? 程婴,你肯舍的你孩儿,倒将来交付与我;你自首告屠岸贾处,说道太平庄上公孙杵臼藏着赵氏孤儿,那屠岸贾领兵校来拿住我和你亲儿,一处而死。你将的赵氏孤儿,抬举成人,与他父母报仇,方才是个长策。"

他二人议定,由程婴出首去告发公孙杵臼,暗中偷梁换柱保住赵氏孤儿。京剧里特有一出《搜孤救孤》,由这段情节演化而来。

公孙杵臼　（白）这抚孤舍命何难何易?

程婴　　　（白）自然是舍命容易,抚孤难哪!

公孙杵臼　（白）着哇!兄已是风烛残年,倒不如你将舍命之事让与愚兄了吧!

这两人的对话,真叫人闻之泪下!小时候,父亲喜欢用收音机放这段戏,那是一个盒带盛行的年代。小小的匣子里盛着春秋。马连良苍劲的声音顺着细细的磁带摇摇摆摆地传出来,我总觉得那像一个人独自穿越长长的隧道。等他走出来,华发满肩,盛年不再。

回首间,残忆追旧年,人事早飞远。

长大后,每每我觉得寥落,觉得人生无大信时,经常独自听这一折戏。两个肝胆相照的男人争相求死激起的波澜在我心里久久不能泯去。

为着一个孤儿,这个孤儿实质上和他们什么关系也没有。人为了信念,人为了人,可以这样无私地付出。这当中的人世大信早已超越了忠奸的对抗和对立。

京剧《赵氏孤儿》深化了人物的心理。程婴独自作出舍亲生的决定简单,但是孩子不是他一个人的,要说服妻子舍弃亲生儿子就不是那么容易的了。

程妻万般不愿,愿意才怪。三四十岁才生一子谁还不爱得如珠如宝?听丈夫提出这样匪夷所思的要求,她理所当然坚拒了,反身闭紧了房门,如果当时的女人可以像现在的女人这样自主随意,想必她会悍然以离婚相胁,然后抱着孩子潇洒回娘家。

可惜当时的她无处可逃。丈夫是她的天,逃到哪里能逃得开天?她只得任由丈夫有理取闹,怀抱娇儿泪涟涟。一方面她明理,知道丈夫这样做从大义上来讲是对的;可是另一方面,她如何舍得送子去死?赵氏孤儿与我什么关系啊!凭什么要牺牲我的孩子去救他?他赵家的事,关我程家什么事!我们已经冒险救了他了,至于他能不能活,要看他的造化。她这样想,真是再正常不过。

程婴对妻子的步步紧逼、死缠烂打,丝毫不为所动。在此时看起来,非常不近人情。当然,他还有更冠冕堂皇的理由——为了全晋国的孩童,舍弃我们的孩子,真是再自然不过了!

佛说,我不入地狱,谁入地狱。然而,这是一个男人为了坚持自己的信念,为了感恩图报而把丧子之痛强加在妻子身上。

程婴是伟大的,他有着人性光辉的一面,也有着冷酷决绝的一面。为了成就自我,成就为顶天立地一个大丈夫,他胁迫妻子和他一道来完成光辉的理想。

他把刀架在脖子上,以死相逼,如果你不把儿子给我,我就自杀。公孙杵臼在旁劝说，弟妹呀，你想想清楚，儿子没了可以再生，丈夫死了你可就一身无靠了，你牺牲了儿子，我程婴老弟必然感激你的大恩大德，他会待你更加恩爱。你救了全国的小孩，功德无量，来年必定再降麒麟，赵氏孤儿尊你为母，他长大之后必然孝敬你、奉养你，这不跟自己的孩子一样吗？

程妻最终被说服了，屈从了。这可怜的女人奉献了自己的孩子来讨好社会道德，取悦自己的丈夫。

可怜复可悲。

【五】

商议定了。程婴要去出首，他担心公孙杵臼年老熬不住刑。公孙杵臼说："我从来一诺似千金重，便将我送上刀山与剑峰，断不做有始无终！程婴，你则放心前去，抬举的这孤儿成人长大，与他父母报仇雪恨。老夫一死，何足道哉？"

程婴朝他深深地拜下去，这昂然的老人扶住他。他老迈的身躯中充满不屈的勇气。勇气使他像一座山一样巍峨高壮，不被摧毁。程婴被鼓舞了，他虽觉得疲累可还是要坚持下去。

我不是一个人在战斗，他想起前赴后继为救孤儿死的同道们，痛苦的坚持是没错的。

道义是大家共同的坚持，不计代价的坚持。

义之所在，死何足惜！

公孙杵臼何尝不知程婴即将面对的艰难？亲生儿子将死眼前，出卖朋友将面对国人的唾骂。没有人知道事实真相，真相必须瞒住所有人。

面对世人的误解和指责，程婴将夹起尾巴辛苦万分地做人，直到真相大白的一天。但这一天遥遥无期，谁也不知几时才能到来，甚至会不会到来，程婴能不能熬到那一天，连公孙杵臼也没有把握。

所以他说舍命容易抚孤难。

前途艰险，痛楚需要各自承担。

屠岸贾相信了程婴的话，并不是因为他轻信，而是因为他完全不会相信有人肯为了别人无条件付出，他低估了人的伟大。在他的世界里，他只相信尔虞我诈，只相信权力的至高无上。

屠岸贾一点也不大意。他的奸诈和狠毒在这一刻表现得淋漓尽致。抓到了公孙杵臼，他亲自主审，又命程婴行刑，希望他们互相攀诬露出破绽。

（屠岸贾云）程婴，这原是你出首的，就着替我行杖者。

（程婴云）元帅，小人是个草泽医士，撮药尚然腕弱，怎生行的杖？

（屠岸贾云）程婴，你不行杖，敢怕指攀出你么？

（程婴云）元帅，小人行杖便了。

（做拿杖子科，屠岸贾云）程婴，我见你把棍子拣了又拣，只拣着那细棍子，敢怕打的他疼了，要指攀下你来？

（程婴云）我就拿大棍子打者。

（屠岸贾云）住者。你头里只拣着那细棍子打，如今你却拿起大棍子来，三两下打死了呵，你就做的个死无招对。

（程婴云）着我拿细棍子又不是，拿大棍子又不是，好着我两下做人难也。

（屠岸贾云）程婴，你只拿着那中等棍子打公孙杵臼。老匹夫，你可知道行杖的就是程婴么？

程婴只得下狠手打，公孙杵臼皮开肉绽抵死不招，他与程婴微妙的配合让屠岸贾相信两人并无勾结。

兵士搜出了婴儿，屠岸贾一见怒从心起："我见了这孤儿，就不由我不恼也。……我拔出这剑来，一剑，两剑，三剑。"

他悍然拔剑将婴儿刺死。这一段，全由公孙杵臼之口道来。程婴隐在一边，此时程婴不能露出一点破绽，他不能发声，沸腾的惊痛却只能哑忍，装作若无其事。

这一段真是惊心动魄。每个人心里都有一个结局，故事朝着最高潮的地方涌去。屠岸贾以为除去了眼中钉肉中刺，从此高枕无忧。公孙杵臼抱定必死之心，反而无所畏惧。最辛苦的是程婴，我试着去描述他那时的感受，可我觉得无能为力，没有语言可以形容他看见亲生骨肉死在眼前是什么滋味。

我觉得纪君祥也难于描述这种凄厉，只得通过公孙杵臼之口道出程婴内心的煎熬："见程婴心似热油浇，泪珠儿不敢对人抛。背地里揾了，没来由割舍的亲生骨肉吃三刀。"这不失为一种取巧。

程婴需要多大的定力才能忍受这种痛苦？

他绝对是个性格坚毅的男人——难怪他能苦守秘密二十年。

程婴应该比赵武更有报仇的动力。他亲眼看见儿子被杀，亲眼看见他所尊敬的人一个一个死去。

公孙杵臼临终的怒吼犹在耳边："屠岸贾那贼，你试觑者，上有天哩，怎肯饶过的你！我死，打甚么不紧！我七旬死后偏何老？这孩儿一岁死后偏知小，俺两个一处身亡，落的个万代名标。我嘱付你个后死的程婴，休别了横亡的赵朔；畅道是光阴过去的疾，冤仇报复的早，将那厮万剐千刀，切莫要轻轻的素放了。"

那是公孙杵臼对他的重托。他分秒不敢忘。他们之间肝胆相照，跨越生死，如同天涯和海角的交会，天空在大地的回响。

落幕了,义士死去,夜色凋零。

他的心情比暗落的世界更沉重。

众人散去,程婴闭眼。潜伏的悲痛呼啸而来,纠结的泪水终于散开。父亲的泪水冲开了血泊,凝聚成舟,载着孩子的尸体渡过忘川河去往生的彼岸。

黑夜漫无边际,眼泪是引领往生的微光——那是父亲给孩子最后一点温暖的陪伴。

孩子,希望你原谅我的恶行,望你能相信我有苦衷。如果有来生,请允许我好好地补偿你。

【六】

纪君祥的《赵氏孤儿》对历史材料进行了加工改动。在这些改动中,一是将史料中他人的婴儿变成程婴自己的儿子,二是让屠岸贾将赵氏孤儿纳为义子。这两处改动看似简单却至关重要,原本漠不相关的人之间都有了切身之痛,牺牲的是自己的孩子,程婴彻底地参与进来,他变得更艰难,也更坚决。

本来赵武要杀屠岸贾几乎是毫不犹豫的,可是现在,屠岸贾是他的义父,面对着垂垂老矣的屠岸贾,长达二十年的父子之情,举刀时,他能一点也不心软犹疑吗?

再者,如果没有这层亲近关系,流落民间的赵武要杀死一个大臣，会有便利条件吗？

也是冤孽。屠岸贾处心积虑要除去赵氏孤儿，却又对孤儿一见心生好感，对程婴表示要收为义子。程婴自然应承，这是一个接近屠岸贾的好机会。他在他门下做了门客，背负着忘恩负义的骂名忍辱偷生。

时间是最锋利的刀，快到将人千刀万剐也看不见一滴血流出。

一晃二十年。

赵武仔细回忆成长的点滴。平心而论，屠岸贾对他不坏。他的身份是他的义父，他的所行也符合这个身份，威严而亲密，保持着适度的纵容和严厉。因为他的抬举，赵武在府里的地位是超然的。

回到程婴夫妇身边，他不是屠成，而是程勃。

还有第三个被隐匿的身份。一直潜在暗处，伺机跳出来，再现如海的血仇。

赵武黯然神伤。一切亲密都是虚伪的，他们终将被打回原形。

似海深仇才是真切的，血债必须血偿。

程婴隐忍多年。他在苦苦等待时机。终于一个能左右大局的人出现了——老将军魏绛由边关返回朝堂。他的威望足以和屠岸贾抗衡。赵武也已经长大成人。程婴知道时机已至，他去见了魏绛，定下除去屠岸贾的计划。

现在的关键在于，如何让赵武得知事情的真相。程婴谨慎的性格未变。他不会轻易把赵武叫来，声泪俱下地告诉他，你的身世如何如何,现在那个对你好的义父是个人面兽心的奸佞小人,他是你的灭族仇人,你马上拿刀砍了他为你的父母族人报仇。

他得考虑到赵武的接受能力,他还那么年轻,热血冲动。面对这个狰狞的真相,赵武的反应会平静吗?他的性格是否依然正直纯粹、嫉恶如仇?在屠岸贾的影响下,赵武的性格是否已暗自生变?每个细节、每个因素都必须考虑到,仔细掂量,任何一个小小意外,都可能是致命的错误。他已经垂垂老矣。要对付屠岸贾必须一击即中,命运不会给他翻盘的机会。

赌注就是孤儿。

程婴决定先试探赵武,他绘了一幅手卷,记下了当年的一切。往事对他敞开大门,不动声色看他行走在刀尖,身后蜿蜒出一条长长的血路。

我展开这手卷。好可怜也!单为这赵氏孤儿,送了多少贤臣烈士,连我的孩儿也在这里面身死了也!

这是二十年程婴唯一一次吐露心声。他回头望去,他的同伴在幽冥中注视着他,全部的人押上生命去赌,命运是个巨大的绞肉机,粉碎了他们,只有他还幸存在台前,做最后的决战。

幸存的孤苦,丧子的锥心之痛无时无刻不在折磨他。一路到此,连想值不值得的资格也失去,他必须一往无前。

虽然程婴一直用理智压抑、用信念克制，一直给自己暗示，痛苦依然渗透，猖獗地侵入，根深蒂固地盘踞在他心中，长成参天巨树。在漫长的时间里，我不信程婴没有后悔、没有动摇。我不信他一次都没有从梦中惊起。

我甚至质疑他和妻子之后二十年的相处，是否早已同床异梦，冷若冰霜，剩下的，只是人前的逢场作戏。我若是程妻，想必已不会再和他做爱，拒绝任何亲密的身体接触，更毋论再孕育一个孩子。那只是残忍的延续和提醒，会让人发疯、崩溃。

诚然，世间夫妻应该彼此宽容体谅，但这宽容体谅包不包括我要原谅杀死我儿子的凶手，而这凶手正是我朝夕相对的丈夫？

有些伤口可以愈合，但有些，划下去，就是一生一世。

赵武看到了那幅画卷，他为画中的故事吸引。一步步寻回属于他的身份，身份如同一副铠甲。只要他穿上，他就会觉醒，和仇人作战。

那画虽不是连续剧，亦不是悬疑小说，赵武依然看得心惊肉跳，欲罢不能，疑念重重。

是什么人如此锲而不舍地要害另一个人？他们之间有什么冤仇？谁又为谁而死，谁又被谁所救？因何大罪会被灭族？那小孩被谁抱走？那将军、老丈又为何相继自尽身亡？那被杀死的婴孩是孤儿吗？为何那医生在旁掩泪不语？

程婴此时亦在心惊肉跳地观察他，赵武的反应决定了他能不能把实言相告,决定了他这么多年苦心坚持的复仇之路会不会功亏一篑。

幸好,赵武没有无动于衷。他越看越义愤,难以压抑心中的气愤和悲痛,疑惑地望向程婴。父亲您为何如此难过?父亲,您为何让我看这个,这画中的故事是真是假?

千真万确。这画中的孩儿是你,那医生是我,死去的是我的亲生儿子,而那恶人,是你义父。

【七】

纪君祥在处理孤儿得知真相后的情绪明显草率,有脸谱化的嫌疑,孤儿怒发冲冠、叫嚷着要将屠岸贾千刀万剐,确实能够让人们从开始压抑到现在的情绪得以释放,大大松了一口气,可这样处理并不准确,起码不符合一个人真实的心态。赵武不可能想都不想就把刀朝屠岸贾头上砍去,这样的话,他也只是个没大脑的莽夫,辜负了程婴多年的教导和期望。

程婴的伟大自不待言,可赵武心理的波动更值得深究。无论是谁,一下得知了这样残酷的真相,原先的生活彻底被打翻,幻灭感是少不了的。就算接受现实也需要一个过程,让我们试着来分析一下:

面对情与义的抉择,赵武内心一点挣扎矛盾也没有吗?如果他异常坚定,他的坚定又从何而生?程婴是个赤诚君子,他说的都是实情,可是,假如现在叙述这件事情的人是屠岸贾,他口中所谓的真相又会是怎样呢,赵武会受到怎样的影响?

这些,纪君祥都笼统地没有表达出来,以他的笔力,当可写得血脉贲张,过目不忘。这无疑是令人遗憾的。

在得知真相以后,赵武的人生整个倾斜了。他感觉自己像折断的树枝,坠落在地,被风裹挟,不知道何去何从。

身世如此跌宕,让他无所适从。这是真的吗?他陷入重重矛盾,痛苦怀疑,觉得天翻地覆,一切面目全非。程婴的人品不容置疑,他深知父亲恬淡、冲和、宅心仁厚,不可能虚构出一个血腥残忍的故事来鼓舞他的杀机。他与人为善、与世无争的父亲不可能去陷害义父。内心动荡难安,他落下男儿泪:

听的你说从初,才使我知缘故。空长了我这二十年的岁月,生了我这七尺的身躯。元来自刎的是父亲,自缢的咱老母。说到凄凉伤心处,便是那铁石人也放声啼哭。我挣着生擒那个老匹夫,只要他偿还俺一朝的臣宰,更和那合宅的家属!

他久久地对着那幅画卷,祖父、父亲、母亲、钽麑、韩厥、公孙杵臼、程子,被埋没的人朝他聚拢过来,他们和他的成长息息相关,以自身鲜血滋养他的生命。还有合族不知名的人，他们是他或远或近的亲眷。

激溅的血汹涌盛开，铺天盖地向他涌来，迅速地将赵武淹没。

他眼前出现一具具尸体。检点亡人，他惊觉屠岸贾杀了太多太多人。政治上的敌对，牵涉到人命是不免的，但屠岸贾不该为一己私怨，大开杀戒，草菅人命。

人的卑劣和伟大共同成就了他，屠岸贾布下天罗地网来捕获他，他们同样布下天罗地网来保护他。

那些用生命护卫他的高贵的人，成为他必须要为之复仇的原因。他是必须要报仇的，正因为不是为自己报仇，所以才更义不容辞。

自身的仇怨或许可以泯然。可是，他有权去替亡者原谅吗？他有权如此轻率地处置别人的牺牲吗？他想起母亲望向自己如释重负的眼神。她隐瞒了这么多年，终于到了吐露真相的一天。她的眼神沉痛迫切，像尖锥扎着他，像匕首割着他，是提醒他，更是恳求他。

——她是如此渴望他杀死屠岸贾，替她枉死的儿子报仇。如果他在此时退却了，毋论别人，她就绝对不会原谅。

还有许许多多的前辈，他们为了心中的信念而甘愿付出生命，屠岸贾恰如前来惊扰人生大信的恶风，为了护卫心中的光芒，他们不惜与之周旋对抗到底。

赴汤蹈火，在所不辞。

追求天理和公道，前辈们不曾放下。我也不能丢弃，我正是因此而幸存的！彻夜的思索中，赵武释然了，不再困惑。对于恶人，原宥是一种救赎，以杀止杀是另一种。对于屠岸贾，死亡不是最好的，但却是最适合他的赎罪方式。

赵武起身拔出剑来，心里异常地从容平静，好像从未有过一丝波澜，也未有过恨意。剑没有暴戾之气。报仇雪恨的力量源自对道义的坚持和守护，而不是个人恩怨。

这样冷静，他知道自己一定成功。

俗话说，善有善报，恶有恶报，不是不报，时辰未到。屠岸贾一生没有子女，唯一的义子却是自己的仇人、取他性命的人，这是上天对他看得见的惩罚。

人必须相信，天道昭昭，善恶到头终有报。

屠岸贾迎面看见那把剑的寒芒，寒芒化在空气中，逼得他睁不开眼，过了一会儿，他终于看清了拿着剑的人是赵武。

我儿，屠成。他惊疑，随即恍然了，原来你是赵家的后人。

他不再说话了，赵武将剑往他的颈上一刿，头落下来。赵武看也不看，后面有人上来将屠岸贾的尸体迅速地处理干净了。

赵武跨入宫门，走到屠岸贾的位置上。外面逐渐亮起来，很快，新的朝会就开始了。

程婴欣慰地看见屠岸贾伏法了，更欣慰自己含辛茹苦的教养没有白费，赵武长成一个明辨是非、恩怨分明的大丈夫。他期许着，他在经历了所有残酷的政治斗争、了解所有的政治智慧或伎俩之后，仍保持着一种单纯的世界观。

赵武灵公死去，赵武登上政坛，重临先人位置上，主导着国家的方向。

程婴心中唯一的惦念是愧疚了二十年的妻子。作为一个男人，他可以无愧于朋友，无愧于操守，无愧于信念，但他不能无愧于妻子。

跟随他的数十年，她并没有得到多少温情呵护，近二十年来，她更是遭受了无数的白眼和非议。不能辩解，不能反驳。她是一个忠贞可贵的女人，无论有多艰难、有多委屈，她一直选择和他共同进退，不离不弃。

他现在终于能够正视她，她眼中的寒意开始消解，凌厉的戒备也放下，也许再过一些时候，她可以打开心结，真正原谅他。

内疚已经蚕食了他们太多的感情，他们的感情永远停滞在伤害形成的那一天，积满了尘埃。如今，他与她的转机出现了。可他还有多少时间？这个计划耗尽了他一生的心力，牺牲了太多，以至于当真正成功来临时，他只觉得如释重负，丧失了所有的快乐激动。

京剧《赵氏孤儿》里安排他在功成之日，溘然辞世，这样处理非常合理，它有力地加深了悲剧的力度。程婴心力交瘁，他已经等不到赵武做出报答了。何况，他根本不曾试图得到任何回报，根本不会期待得到令人钦敬的地位，享受优渥安逸的晚年。

——就让他在新的喧嚣未起时独自远行吧。辗转于尘世，他太累了，承担的太久，背负太多，就算是铁肩也会垮掉，就让他松弛一会儿。

偶尔，我读到文天祥的一首诗："金山冉冉波涛雨，锡水泯泯草木春。二十年前曾去路，三千里外作行人。英雄未死心为碎，父老相逢鼻欲辛。夜读程婴存赵事，一回惆怅一沾巾。"

我能理解文天祥的艰辛，文也有程婴那样的义烈，可惜他失败了。因为他内心明确，敢作敢为，虽然失败了，也一样被人记取。

男人，很多时候可贵在知其不可为而为之，要敢于担当，而不是见风使舵，太识时务。

彼时孤立无援的文天祥何尝不想能遇见程婴这样的义士，和他一起努力、一起坚持，把南宋的大业坚持下去。然相对庸碌炎凉的尘世而言，程婴是殊胜的，可遇不可求的。

他就像一场甘霖，来过了，然后消失得无影无踪。

《救风尘》

他本是薄幸的班头,还说道有恩爱结绸缪。

赵盼儿不需要救赎,她从不渴望以从良来验证自身的清白。她游戏风尘,游戏男人,却未曾因此而沉沦。她了解男人,拯救了女人。男与女之间,从来没有真正的和平共处,所有的和平都意图掩盖遗忘争执中的血腥和痛苦。所谓的和平都意味着另一个人的迁就和屈服。谁人又相信一世一生这肤浅对白。终老一生只不过是用来取悦自己、取悦时间的谎言。

——题记

【一】

故事的一开始,是妓女决意从良的大好局面。

Playboy周舍登台亮相自我介绍,说和名妓宋引章郎情妾意即将要喜结连理。这,恰恰是传统套路的故事结局部分。

而现在,一切才刚刚开始。

妓女从良的门槛很高，因其除了有个好买家肯接手之外，还得缴纳一笔不菲的赎身费，如果更贴近时代一点我们可以叫它"下岗费"。一次性买断以后的工龄，鸨母才肯松口放人。难归难，奇怪的是，大凡铁了心从良的和铁了心辞职一样，一般都能够如愿。

周公子和宋美人的事情进展顺利，就像周公子说的："他一心待嫁我，我一心待娶他，争奈他母亲不肯。我今做买卖回来，今日特到他家去，一来去望妈儿，二来就题这门亲事，多少是好。"

天要下雨，女要嫁人，每个母亲都应该知道一句俗话："女大不中留，留来留去留成仇。"宋引章的母亲显然深知此理。这个鸨母显然与众不同，值得特别提出表扬。不单心地善良，且和宋引章有真感情（不知是否是真母女），竟然没有任何敲诈勒索的行为，只是舍不得，担心女儿看走眼，嫁过去之后吃苦。见两人意志坚定，遂松了口："今日好日辰，我许了你。"又殷殷叮咛周舍，"则休欺负俺孩儿。"

常识告诉我们，一旦事情顺利得匪夷所思了，就隐匿着祸端。

果不其然，宋美人过门不久，就遭遇了家庭暴力。事情并非单纯的喜新厌旧那么简单，当然也不乏喜新厌旧的因素在内，事缘周公子娶了宋美人之后发现伊是个典型的"十三点"。生活方面的智商为零，套个被子都能把自己套进去，诸如此类，蠢相毕露。

　　周公子固然不想娶个三从四德的无趣妇人，但他更不想娶个好吃懒做的蠢妇。

　　当初那点新鲜劲过后，周公子很快发现宋美人压根和贤良淑德不沾边，而且原先察言观色、体贴入微的特质也渐渐丧失。

　　虽说宋美人精通拆白道字、顶真续麻种种游戏，两个人天天对玩也没意思。那些风流场上的手段，放到日常生活中来，很快就黯然失色了。周公子又是个不甘寂寞喜欢寻花问柳的主，一来二去，终于看宋美人不顺了，再来就拳脚相加。

　　宋美人在未嫁时，热烈地以为自己遇上的是识情解意的妙郎君。当闺蜜赵盼儿问她为什么选择周舍嫁时，她不无炫耀地对赵盼儿说："一年四季，夏天我好的一觉晌睡，他替你妹子打着扇；冬天替你妹子温的铺盖儿煖了，着你妹子歇息；但你妹子那里人情去，穿的那一套衣服，戴的那一副头面，替你妹子提领系，整钗镮。只为他这等知重你妹子，因此上一心要嫁他。"

　　宋美人的天真傻气颇有可爱之处。似她这样的大有人在。我始终对这类女人的可爱颇为不解。怎么就能因为一点点小温暖、小感动，就英勇地以身相许，还天真地以为自己找到了一个好归宿。这样的女人，偏偏屡见不鲜，前赴后继，说得刻薄点，真是死不足惜。

　　多少家庭暴力就因轻率和盲目的爱而起。送羊入虎口，你还怪老虎吗？

想那赵盼儿和我一般想法，她对好姐妹的雀跃颇不以为然，一盆冷水兜头泼下："我听的说就里，你原来为这的，倒引的我忍不住笑微微。你道是暑月间扇子扇着你睡，冬月间着炭火煨，那愁他寒色透罗衣。吃饭处，把匙头挑了筋共皮；出门去，提领系，整衣袂，戴插头面整梳篦。衡一味是虚脾，女娘每不省越着迷。"

你道这子弟情肠甜似蜜，但娶到他家里，多无半载周年相掷弃。早努牙突嘴，拳椎脚踢，打的你哭啼啼。

恁时节船到江心补漏迟，烦恼怨他谁，事要前思免后悔。我也劝你不得，有朝一日，准备着搭救你块望夫石。妹子，久以后你受苦呵，休来告我。

赵盼儿的话也相当相当刻薄了。她毫不留情地揭露，恋爱中的温柔体贴多半是虚的，男人的花枪根本值不了什么。她苦心劝着妹子，看人要看根本，她认为男人分两种，做子弟的和做丈夫的，据她多年的经验来看："做子弟的做不了丈夫，做丈夫的做不了子弟。"

赵盼儿一出场就是一个久历风尘、洞察世事的妓女形象，她的精明练达绝非懵懂无知的宋引章可比，从后面的事情看来，她不是那种吃不到葡萄说葡萄酸的人,她是以她对男人的了解作出了这个论断。周舍在她面前像裸体一样,无所遁形。

换言之,即使你在浪子中寻找从良的对象也得你自己眼力够准,要有手段拿得住。像宋引章这样胸大无脑的,多半三天之后就被人弃如敝屣了——这是赵盼儿早有所料却难以言明的。

正如赵盼儿对她自己触手可及的幸福不以为然一样,宋引章对赵盼儿看似经典的论断同样不以为然。赵盼儿的直言被她理解为对自己美好幸福将来的讽刺乃至嫉妒,她赌了气,斩钉截铁地表示:"我便有那该死的罪,我也不来央告你。"

宋引章绝对是个乐天派。另换作心思重的女孩,在出嫁前被闺蜜如此这般大损一通,肯定被打击得不行,心生警惕乃至退缩动摇之心,而她的好心情居然没有受到丝毫的影响,依然心花怒放奔向从良的康庄大道。

宋美人的从良和洗心革面重新做人绝对无关。她有她的打算,她觉得这个男人合适,趁年轻她就嫁了。她的人生理念和赵盼儿不一样,她不想和赵盼儿一样费心费力盘点人心,她觉得思前想后搞不好就将人生耽误了。

大道的那头是她的小开周公子骑着高头大马,抬着轿子接她回家。当然了,她看见的还有公子身后丰厚的家当,那财富足以保证她下半生衣食无忧。

从此她华丽转身，完美收场，不带走风尘里的一粒沙子。

年轻貌美的宋引章妖娆如蝶，投奔周公子的怀抱而去。她坐在轿子里身心轻盈，兴奋欲飞。隔帘望去，轿外春光漫道，连路边的野花都在为她盛开。她深信留给同行后来人的是一个光彩照人，值得艳羡的背影。

赵盼儿的劝告理所当然被她抛诸脑后。

久经人事的赵盼儿见宋引章一意孤行，决心已定，知道事无挽回，遂不再多言。她深信，宋引章有一天会知道她是对的，需要她的拯救，因为周舍不是一个值得托付终身的人。

这出戏让我个人非常非常有感觉。因为我发现现实生活中有无数个宋引章。她们自恃年轻貌美，自认手段非凡，能迷得男人神魂颠倒，俯首帖耳。只要趁年轻捞到一张长期饭票，以后的人生就不用愁了。

但是很快，她们后悔了，憔悴了，衰老了，因为她们发现身后还有无数同样虎视眈眈的年轻女子时刻守着等着取而代之，这压力是巨大的。

男人升值了，她们却贬值了，因她们本身是如此低廉空洞，完全是靠年轻做资本来支撑。一旦时光和她们决裂，弃伊而去，伊将一钱不值。

很快，她们被抛弃了。她们被抛弃的速度和她们钓上男人的速度一样快。

时隔不久,宋美人熬不住家庭暴力,绝望中想到了旧时姐妹。如今一切被赵盼儿那张"乌鸦嘴"料中。她想到让神通广大的赵家姐姐前来搭救,写了信托货郎带去,大意是,姐姐你快来拯救我,来迟了我性命不保。

在看这出戏时,我不止一次地想起曾经那部反映家庭暴力的热播剧《不要和陌生人说话》。请允许我煽情地颂扬一下,反抗家庭暴力是《救风尘》第一个闪光点,我不得不说,宋美人虽然处事轻率,感情用事,而且世俗得无可救药,但自我保护意识却很强,至少她没有选择傻乎乎地咬牙苦撑,一看不对劲了赶紧求救,原先赌气的誓言算什么?保命要紧——这是很明智的。

为了个面子,丢了性命,那才不值。做人要懂得转圜,自己把自己拘死了,没人心疼你。

【二】

富于侠义心肠,很喜欢来事的赵盼儿在接到姐妹的求救信后义不容辞地出马了。想起当初姐妹间的口角,她也微有不快。宋引章当初说得那个决绝,盼嫁之心如离笼之鸟,恨不得立时和前尘一刀两断似的。赵盼儿却知道,人是没那么容易就和前尘了断的。前尘如影随形,难以挣断。

她并不着急从良,因为她更懂得现实的挑剔和严苛。换一种身份,并不代表能将过去的一切 pass,更不代表你能成功洗底,获得认可。

基于对情况早有所料,赵盼儿异常沉着。她对满心忧愁的引章母说:"你收拾了心上忧,你展放了眉间皱,我直着花叶不损觅归秋。那厮爱女娘的心,见的便似驴共狗,卖弄他玲珑剔透。我到那里,三言两句,肯写休书,万事俱休。若是不肯写休书,我将他掐一掐,拈一拈,搂一搂,抱一抱,着那厮通身酥,遍体麻。将他鼻凹儿抹上一块砂糖,着那厮舔又舔不着,吃又吃不着。赚得那厮写了休书,引章将的休书来淹的撇了。我这里出了门儿。可不是一场风月,我着那汉一时休?"

不可否认,《救风尘》的文辞很粗俗。这就是一个妓女玩弄嫖客、拯救姐妹的故事。看得出,这个故事本是关汉卿写来嘲讽妓女虚情假意翻脸无情,借以警喻世间贪色男子的。

意外的是,情节的走向不知不觉偏离了作者原本的立意,而这个偏离却无意间造就了一个不落俗套的故事。这个故事即使是在关汉卿自己的作品中也是与众不同的。

赵盼儿对付周舍的方法说起来其实很简单,就是去勾引他,让他上钩,让他看得着吃不着,最后骗他休妻,两头落空。计划看似简单,实施起来却是很见功力的。

我们都知道,越是精妙的局,说穿了越简单。三十六计也好,七十二变也好,总之万变不离其宗。对付男人,光靠整天提溜着两个乳房在他面前晃显然是不够的,还要有一些言语上的刺激,机敏地应对。

赵盼儿是个久历风尘的女子,这是一出场作者就高调挑明的身份,但,究竟赵盼儿的手腕高到什么程度,她的段数又比宋引章高在哪里?谜底,总让人惦记。现在,将随着这个局精彩呈现。

首先,赵盼儿比宋引章有识人之明,虽然她和周舍甚少来往(固然是因为姐妹的男人要避嫌,更深的原因是她压根儿瞧不上这男人),却深知这男人的特点:本性轻浮,虚情假意,喜新厌旧,又自以为聪明。

其次,赵盼儿比宋引章大气,能拿得住。她不像宋引章因小失大,常常做得不偿失的事情。在确定了整治周舍的方案之后,她将自己打扮一新,带了绫罗绸缎、美酒熟羊,和一个心腹小厮踏上了前往郑州惩奸除恶、拯救失足被虐少女之路。

为什么要特别强调这一点呢?那是因为人都是自私且敏感的。站在男人的角度,不管他多有钱,他都不会喜欢一个贪心的女人。再说得白一些,他喜欢女人可以帮着他搜刮别人的钱,却不要觊觎他的钱——起码要表现的是这样。不管是谁,真正希望别人在意的,还是这个人本身。

赵盼儿深悉人性。她甫一出现在周舍面前就表现出情深义重,一副情愿倒贴的样子。诚可谓，我赶着马车载着牛羊带着绫罗绸缎来嫁你，什么叫千里走单骑，这就演一遍给你看，瞧瞧咱为爱你，不辞劳苦排除万难！

想那周舍大半辈子都是在女人身上花钱，哪里受过这等糖衣炮弹的隆重待遇？再说赵盼儿此番又着意打扮了一番，婀娜多姿，焕然一新。周舍那久被宋引章折磨得颇有些审美疲劳的眼睛陡然一亮，客栈相逢一时之间竟然没有认出赵盼儿来。

赵盼儿暗爽在心，面上却流露出一副伤心不已的样子，字字含情，句句幽怨："你则是忒现新，忒忘昏，更做道你眼钝。那唱词话的有两句留文：'咱也曾武陵溪畔曾相识，今日佯推不认人。'我为你断梦劳魂。"

周舍想起来她是赵盼儿，不是立刻扑上去就亲，满口叫着心肝肉儿好姐姐俺想死你了，而是不乏戒备地质疑她的来意："你来做什么，当初坏我婚事的也是你。"

盼儿看破他在作态，心中冷笑，心想不怕你提，就怕你不提。面上却越发露出委屈的神气来，语气轻得吹弹即破："周舍，你坐下，你听我说。你在南京时，人说你周舍名字，说的我耳满鼻满的，则是不曾见你。后得见你呵，害的我不茶不饭，只是思想着你。听的你娶了宋引章,教我如何不恼? 周舍,我待嫁你,你却着我保亲! 我当初倚大阿妆倛主婚,怎知我嫉妒阿特故里破亲? 你这厮外相儿通疏就里村。你今日结婚姻,咱就肯罢论。"

看到这里,忍不住笑起来,赵盼儿真是高手,怎么就能一边撒娇一边就不着痕迹地把周舍骂了呢?"你这厮外相儿通疏就里村!"(你这厮外表聪明心里很愚钝,果然!)

看官们,注意了,赵盼儿的第二招更致命。她强烈地满足着男人的自尊,将自己的姿态放得很低很低,像一朵花匍匐在他的脚下求欢,任他采摘。

周舍在她的描述中不自觉地眩晕了。前事到底是怎样已不需细究,她香唇甜舌散发的香气已足够使人迷醉,甜言如蜜,蜜语如酒,何况是美人贴身奉上? 他的心防渐渐松懈下来。

更何况周舍根本不是奉行素食主义、油盐不进的主。当赵盼儿使出杀手锏,风情万种地表示自己受了伤害要回家时,周舍慌了神,贪色的他,哪容得到嘴的鸭子飞走,急急露出谄媚的本相:"哎呀,奶奶,小人罪该万死,你不要走。"

当然不走——赵盼儿凝步回眸含情脉脉,哎呀呀,分明是,你这个冤家让我割舍不下;甫一回身就再难挣脱,其实是,你的怀抱让我不能起身。

　　半推半就、欲迎还拒之间，周舍身心振奋了。他麻痹的神经逐渐苏醒，赵盼儿原来比宋引章更妩媚动人，更耐人寻味。在赵盼儿这里，他重燃了近来丧失的激情。她让他体验到新鲜滋味，剥得尽她的春衫，剥不尽她层层风情，与丰饶的赵盼儿相比，宋引章简直就是一根没发育好的豆芽菜，一览无余，面目可憎。

　　相识虽早，相知恨晚啊！周舍后悔得恨不得就地挖个坑把自己埋了——怎么就一时走眼娶了宋引章，错过了赵盼儿这颗明珠？

　　你若真的在意我呢，就在我身边陪我，哪儿也不许去！赵盼儿星眸流转，伸出玉臂攀住了周舍，娇滴滴地说着情话。她像妖媚的蜘蛛精不动声色地吐出丝来缚住猎物。

　　她的唇风轻撩他的耳畔。

　　周舍骨软筋麻，心神大乱。他真的——动弹不得了，乖乖捂在客店里哪儿也没去，销魂的感觉如电般击中了他，淹过他的身体，他被俘虏了。对赵盼儿是言听计从，俯首帖耳，几天几夜没挪窝。

　　本剧的第二个闪光点在男女的调情中凝现了。赵盼儿以实践证明，男与女，被弃和被珍惜的机会其实是同等的。谁也不必百口莫辩楚楚可怜。新欢可能转眼成旧爱，旧爱也可能再度变成新欢。感情的对决中，没有绝对的优势，永恒不变的定位。关键是看你如何把握机会，调整自己的状态和位置。

　　每个男人都有寻花问柳的本性，浪子中也未必就没有做丈夫的人选，关键是，你得会选，你还要能拿得住。

就在二人天上人间你侬我侬的时候,专事煞风景的宋引章适时地出现了,做出一副闻讯来捉奸的愤懑样子。宋引章此时配合得真到位。为了凸显赵盼儿的温柔怯弱,她显得越发粗俗泼辣,居然彪悍到提出要和周舍动刀子拼命。周舍被搅了好事,满心不爽,操起棍子就想打,念及赵盼儿在侧,不能即刻暴露自己的暴力倾向,吓坏了美人,只得相对克制地骂道:"我和你抢生吃哩。不是奶奶在这里,我打杀你。"

赵盼儿自然不能让他动粗,眼看着引章吃亏。她适时地支走引章,借机又显出自己识大体不无理取闹的气度来。单剩下两个人的时候,她才开始秋后算账:"周舍,你好道儿。你这里坐着,点的你媳妇来骂我这一场。"

请注意,她耍脾气不是和宋引章搅在一起的,而是找好了时间。如果她在引章大闹时也跟着闹,会搞得男人头大如斗,觉得这两个女人是一路货,效果肯定不如一对一时好。

她再次表示受了伤害要走。周舍哪舍得她离开,忙挨过来一千一万个赔不是,赵盼儿见时机成熟借机提出:"这妮子不晓事,不贤惠,我可不愿跟她麻烦。你休了她,我跟你过。"

周舍闻言怦然心动,喜则喜矣,却也不敢大意。他想到,万一休了宋引章,回头赵盼儿又反悔的话,那自己不是两头落空么？周舍此时的心理活动颇为微妙真实——充分暴露了家庭暴力中施暴者的想法:"且慢着,那个妇人是我平日间打怕的,若与了一纸休书,那妇人就一道烟去了。这婆娘他若是不嫁我呵,可不弄的尖担两头脱？休的造次,把这婆娘摇撼的实着。"

施暴者,心里其实非常清楚暴力留不住人,就像周舍清楚宋引章被他打怕了,给了休书马上就飞了。试图以暴力来捆绑最终会遭到彻底的离弃,但他们不能改变自己,暴力已然成了他们解决问题的惯常方法。留的残忍和去的坚决,成为一个对峙的悖论。

周舍浪荡,但他不傻,他想着先把赵盼儿这头落实了,再去处理宋引章这个过期货。他真是步步都算到了,只是不幸遇见了赵盼儿这个狐狸精。

周舍要她发誓,赵盼儿张口就来。舌头上打个滚而已,怕什么？发誓对她而言就是男女调情的必要手段,插科打诨的游戏。

到后来,周舍指责赵盼儿不守誓言:"你曾说过誓嫁我来。"试图以此来捆绑她。赵盼儿若无其事,反过来取笑他幼稚,你第一天出来混的啊？

俺须是卖空虚,凭着那说来的言咒誓为活路。怕你不信呵。遍花街请到娼家女，那一个不对着明香宝烛，那一个不指着皇天后土，那一个不赌着鬼戮神诛？若信这咒盟言，早死的绝门户！

周舍目瞪口呆地看着她，他想不到她竟然如此直白坦率，回想平日游戏花丛的经历，那些女子们确实如她所说，连他自己何尝不是这样信口雌黄。今儿和她山盟海誓，明儿同她海誓山盟……

如今报应来了。他吃了个哑巴亏！

盼儿说出了本剧中最最醒辟的话，我认为，只此一句也足以让这部戏流传后世。即使她说出这样的话，你依然觉得她并非轻薄女子，她更多的让人感觉到狡黠。这点无信丝毫无损她的真挚。换言之，你必须了解她亦正亦邪，灵活机变，不是一个被约缚的女人。

人们早已深有默契地把誓言变作一种获取信任的手段，当誓约演变成一种公众行为，它的真实性和约束力就有待考证。基于道德的制约，人们依旧自觉维持表面庄重严肃，做出很克己的样子，没有人去戳穿假象。现在赵盼儿坦率表示对此不屑一顾。

关汉卿意在揭露妓女信口雌黄，却无意之间揭掉了道德的遮羞布。

赵盼儿于是无意中成了一个漠视道德规范的角色。不管在什么样的时代里，能够漠视规则的人总是显得独特而蓬勃有力，不管你认不认同，漠视的姿态本身就有存在的吸引。同样，敢于漠视才有力量超越。

【三】

在周舍和盼儿的PK中,盼儿对他的性格了解得入木三分,始终牢牢掌握着主动权,步步料敌先机。可怜的周舍却不知道赵盼儿是怎样的人,他以常理来想她,盼儿却是不按常理出牌的。

见她发完了誓,周舍将心放下大半,喜滋滋要去准备再婚,盼儿拦住他说,你不用忙,东西我已经带了。车上要酒有酒,要肉有肉,要红罗有红罗。她知道这样还不够,为了让周舍安息,她又下了一剂猛药,这剂药是:"周舍,你争甚么那?你的便是我的,我的就是你的。则这紧的到头终是紧,亲的原来只是亲。凭着我花朵儿身躯,笋条儿年纪,为这锦片儿前程,倒赔了几锭儿花银。挤着个十米九糠,问甚么两妇三妻,受了些万苦千辛,我着人头上气忍,不枉了一世做郎君。你穷杀呵甘心守分捱贫困,你富呵休笑我饱暖生淫慈议论。您心中觑个意顺,但休了你这眼下人,不要你钱财使半文,早是我走将来自上门。家业家私,待你六亲;肥马轻裘,待你一身;倒贴了奁房和你为春姻。我若还嫁了你,我不比那宋引章,针指油面,刺绣铺房,大裁小剪,都不晓得一些儿的。我将你写了的休书正了本。"

请允许我不厌其烦地解释下这番话的妙处和厉害之处。赵盼儿以非常贴心的姿态在和周舍说话,这就是传说中的山盟海誓啊!看似不经意的几句情话,实则大有文章,她既表白了自己的优势,又表白了自己的坚贞,更表白了对周舍的爱慕和崇拜,坚信他有朝一日必成大器。同时她不忘巩固战果——要坚定他休宋引章的决心,并且要果断地,迅速地,毫不犹豫地。

我不单肯倒贴你,我还里事外事一把抓,我入得厨房出得厅堂上得床。总之一句话,你娶了我绝不后悔,绝不亏本!

抬眼。迎着盼儿的笑靥,深情的眼。周舍心花怒放,不愿深思了。他也有他的致命点,见女人投怀送抱肯倒贴,越发相信自己是女人命里的魔星。

越猥琐的男人对自己的个人魅力越有盲目的信心。

事实上,盼儿才是周舍的克星。周舍怎么想、怎么做,全不出她所料,包括他会将休书骗回去,而宋引章这个二货的一定会上当也在她的预料之中,简直算无遗策,让人叹为观止。

她早在宋引章刚拿到休书时就把休书调换了。周舍撕掉的是假休书。他们闹到司法部门去仲裁。此时,如约赶到衙门的安秀才也以宋引章元配的身份出现了。

原谅我快散场了才让第二男主角安秀才在我的文章中登场,他实际上就是个大龙套,除了串个场,实在可有可无,微不足道。

　　姗姗来迟的安秀才是宋引章的旧相好,宋引章本来应允了嫁他,后来却食言嫁了周舍。面对爱人的移情别恋,安秀才无奈之下采取了"曲线救国"的策略,跑去找赵盼儿做工作。他的人品显然要好于周舍,赵盼儿很乐于帮他这个忙,跑去给他保亲,不料彼时宋美人意志坚定,一心要嫁小开,并明白表示对安秀才发展潜力的质疑:"我嫁了安秀才呵,一对儿好打〔莲花落〕!"——这才出现了开头姐妹俩的争执。

　　赵盼儿精于世故却不世俗,在污浊的环境中依然保持着内心的敏锐和清澈。她对周舍根本瞧不上眼,对安秀才她却另眼相看。

　　盼儿看人是看根本的,不仅仅是看外表和附带的身家多少。而宋引章则刚好相反,世俗却不世故。这就是人与人高下之分,看似相同却根本不同的差异——活该她受罪。

　　凭着赵盼儿的巧舌如簧,长官判定宋引章跟安秀才回家。周舍杖六十,实际上周舍的确是真金白银明媒正娶的宋引章,现在老婆被赵盼儿三言两语诳了去,又挨了板子,真是赔了夫人折了股。

　　事情得以圆满解决。这是罕见的妓女和嫖客的斗争中,妓女完胜的例子。这也是一个凭着智慧、凭着情商、凭着女性最根本的魅力兵不血刃克敌制胜的故事。在浩繁如烟海的妓女和嫖客的故事中是如此别具一格。

　　无论是赵盼儿还是宋引章,她们的醒目之处在于真实生动。这个故事没有去宣扬爱情至上的美好节操，最大限度地还原了一个妓女的生活和想法，进而反映了生活中女性的想法。

身为妓女，既不高贵也不低贱，既不刻意漠视金钱以求精神漂白，也不三贞九烈视从良为唯一的出路。不以此为耻，也不以此为荣。生活该怎样就怎样，出现麻烦就去解决。解决了麻烦生活继续。这才是健康的生活态度。

尤其是赵盼儿，她深悉与男人周旋的要领和规则，有着妓女的处事风格和手腕，相信男人逃不出她的风月手。

游戏风尘，赵盼儿并不着急从良。从良未必真就良了，沦落风尘未必就沉沦不起了。洗底也有成功和不成功的。

应酬一个男人和应酬一堆男人并无本质区别。前者肯定还不如后者来的精彩丰富，高潮迭起。

故事到此结束，我们常常松一口气，将书翻过，自动忽略宋引章跟了安秀才之后的事情，那似乎已经不属于这个故事的范畴了。实际上，以宋引章好吃懒做的德性跟了安秀才也未必就会幸福。

试想一下，一个不会过日子，一个没有经济基础，我们只能祈祷安秀才在爱情的感召下，赶快奋发图强博取个功名，否则……爱情的火焰消减，生活一旦露出凶恶本相，他们俩以后的日子真的很难说。

有个现象颇值得一提，几乎在所有的故事中，有钱有势有才有貌有头有脑的商人都为富不仁心理扭曲变态，无一例外的在爱情的对决中输给一无所有的穷书生,就像蹩脚的电视剧里有钱有势有才有貌有头有脑的富家女总是会莫名其妙地败给除了善良乐观一无是处的贫家女。真是死不瞑目啊!

文人们努力使人相信,嫁给文人的爱情就被镀金,跟着花好月圆修成正果,是最佳的出路,嫁给商人的爱情就充满了铜臭,人生就要饱受摧残,一定会悔不当初,痛不欲生。

除了是文人(编剧)为了故事精彩曲折的刻意安排,以满足看客们普遍扭曲的心理和追求长期受挫被压抑心理的微妙平衡之外,很难有更合理的解释。

故事是文人编的,我对此持怀疑谨慎的态度,一直心存质疑。

《倩女离魂》

愁心惊一声鸟啼,薄命趁一春事已,香魂逐一片花飞。

这是一个怯懦的世界:容不得恋爱,容不得恋爱!披散你的满头发,赤露你的一双脚;跟着我来,我的恋爱,抛弃这个世界,殉我们的恋爱!

我拉着你的手,爱,你跟着我走;听凭荆棘把我们的脚心刺透,听凭冰雹劈破我们的头,你跟着我走,我拉着你的手,逃出了牢笼,恢复我们的自由!

——题记

【一】

当倩女出现在王文举面前时,文举讶异不已。

此时他已经离开张家,独宿在夜泊的船上,秉烛抚琴。月色落在船头,浅淡地像他心头的一道划痕。

或会遭人冷落，为人言语所伤，在潦倒的时候是难以避免的事情。这些他在前往张家的途中已有所料。待得参见了姑母，她冷淡生硬地敷衍应对，更叫他确信，姑母不欢迎他到来。

他提的事被否决。一个家道中落、功名未遂的穷亲，也想重攀亲事，免了吧。姑母三言两语亮出态度：资助你赶考可以，收拾间书房管你吃住读书，亲事就莫再提及。

她赶着叫倩女来拜见哥哥，又急忙叫她退下。仿佛重新确定了身份，就可以将先人的诺言一笔勾销。

他心下一惊，像被人突然下手划了一刀。并不大痛。预感应验的痛快，使他没有冒出不可遏制的怒火，也没有拍案而起据理力争。

他没有黯然神伤，也没有深受重创。磊落清明礼数不失，对虚情的挽留也表现得不卑不亢，回绝："母亲，休打扫书房，您孩儿便索长行，往京师应举去也。"

不欢迎，我就走，不久留。你家的青锁高门不是我此行的终点。

他旋即出了张家大门。心头掠过一丝寂凉，那压抑着他的拘束、不悦也消散许多。他甚至来得及想起方才惊鸿一瞥间所见的女子。

她就是与他幼有婚约的倩女吗？她显得脆弱无辜，而她方才流露的诧异黯然也被他瞧在眼里。他确信，她出来之前是不知道退亲的变故的，与他一样，她也被她母亲摆弄了。

他难以去把对她母亲的厌憎转嫁到她身上，她深合他的眼缘，娇娆而未经世事的样子让他怦然心动。

尤其那一泓秋水，静好地可以把蓝天白云都包纳进去。倒映过来，他整个人便在波底轻漾。这是诗书的冷静所不能激发的温情。

在一眼之间，他对她深具好感，能感知到彼此之间不可言传的吸引和内心绵绵的呼应。就算身旁有再多的人，也好像只看得见对方。

看见她，虽然像饱吸花香那样心情舒畅，但此际衣食未卜的处境让他未及多想，连她的美貌深情也未拉住他让他往两相厮守上靠。

他要走，心无挂碍地告辞而去，一心将前程揽入怀中。她却从天而降般出现在他面前。

惊艳又惊讶，见她发鬓脚尖都沾了深重的露水。整个人像即刻就要倒下的弱柳，他忙弃琴扶她到船上坐下，发现她既不是骑马，也不是坐车来，一个弱女子能追上他，这令他非常惊讶。

倩女对他道明来意：

（魂旦云）王生也，我背着母亲，一径的赶将你来，咱同上京去罢。

（正末云）小姐，你怎生直赶到这里来？

（魂旦唱）你好是舒心的伯牙，我做了没路的浑家。你道我为甚么私离绣榻，——待和伊同走天涯。

（正末云）小姐是车儿来？是马儿来？

（魂旦唱）鉴把咱家走乏。比及你远赴京华，薄命妾为伊牵挂：思量心，几时撇下。你抛闪咱；比及见咱，我不瘦杀，多应害杀。

（正末云）若老夫人知道，怎了也？

（魂旦唱）他若是赶上咱，待怎么？常言道：做着不怕！

《倩女离魂》的故事原型取自于唐传奇《离魂记》，剧中人行事也颇得唐代女子真传。倩女气性亮烈，说话掷地有声，叫人不由联想起另一个夜奔出名的女子——张红拂。

红拂也是在月朗星稀的夜晚，出现在书生李靖的门口，她像一颗明艳的流星滑落在书生的眼里。书生被她的光芒灼伤了。

她说——我跟你走。他的理想之火旋即被突如其来的激情点燃。

一个美艳的女子，甘愿放弃优渥的生活，在他前途未卜最需要关注和鼓励时来到他身边。这无疑是对他，和他未来人生的最大支持及肯定。

她贴近他，以身体温暖他，女性与生俱来的柔情如蜜雨降临，无处不在地滋润着日渐干涸的他。春风吹走了笼罩在他心头的阴霾焦灼，在欢爱中，她在他的眼中越缩越小，成为心头不灭的火种。

他带着她启程上路,奔赴前程。

王生此时也面临差不多的情况,在他前途未卜的时候,倩女义无反顾地跟上来,对他说,我要跟你走。

心仪之人主动出击投怀送抱,做男人的怎能不喜?可乍喜过后,却不得不慎重考虑。王生的傲然清洁,从他对待倩女的态度上可以看出。他正色相劝:"古人云:'聘则为妻,奔则为妾。'老夫人许了亲事,待小生得官,回来谐两姓之好,却不名正言顺。你今私自赶来,有玷风化,是何道理?"

没有欣喜若狂,一迭声地将艳遇纳入囊中,然后趁夜潜逃。

"聘则为妻,奔则为妾"的话从他口中说出,不是迂腐,反而见出这男人气性稳重,有别于一般墙头马上的轻浮浪子,他确实为倩女的名声考虑:我们明明可以名正言顺在一起,为何要趁夜私奔?她不清醒他要清醒,要问清楚原委,焉知这千金小姐不是心血来潮一时冲动。

倩女坦诚相告,逐渐打消了他的顾虑。

她无视他的怒气,他断然的拒绝也没能使她受挫,痛哭流涕地走开。他面如严霜也不能阻断她热情如火的表白:"你振色怒增加,我凝睇不归家。我本真情,非为相唬,已主定心猿意马。"

王生仍是劝她改变主意:"小姐,你快回去罢!"

倩女不为所动,她眼中的一往情深任谁也无法漠视。王生为这目光所擒,一时竟失措失语了。

倩女适才在岸边听见他抚琴。她的心弦亦被拨弄。他琴音里潜藏的落寞被她察觉,他处境的凄清,激发了她蕴藏的深情。她对他无限怜惜付于言表:"只道你急煎煎趱登程路,元来是闷沉沉困倚琴书,怎不教我痛煞煞泪湿琵琶。有甚心着雾鬓轻笼蝉翅,双眉淡扫宫鸦。似落絮飞花,谁待问出外争如只在家。更无多话,愿秋风驾百尺高帆,尽春光付一树铅华。"

我一直觉得能够静由琴音中听出对方的心绪是件很曼妙很高明的事情,如两个人的隐秘共舞,想获得只可意会不可言传的妙境,自身也要有一颗澄定善感的心。

对方如月色,你即要如清波映彻。譬如当年帘后的卓文君和堂前的司马相如,公然调情,却将众人都瞒过。这是一件多么有快感高智商的恶作剧。

精神的直抵要害比一切言语的闪转腾挪都值得深入回味。

倩女此时已由王生的琴音抵达他的灵魂。情之所钟,心之所系。他一些些情绪的波动她都能觉察。难得的是,她又将对他的怜惜表现得如此得体,丝毫没有让清高的王生不快。

她见他有所触动,接着说:"王秀才,赶你不为别,我只防你一件。"王生不明所以:"小姐,防我那一件来?"

倩女毫不掩饰对他的期望和看重,娓娓道来:

(魂旦唱)你若是赴御宴琼林罢;媒人每拦住马,高挑起染渲佳人丹青画,卖弄他生长在王侯宰相家;你恋着那奢华,你敢新婚燕尔在他门下?

(正末云)小生此行,一举及第,怎敢忘了小姐!

(魂旦云)你若得登第呵,(唱)你做了贵门娇客,一样矜夸。那相府荣华,锦绣堆压,你还想飞入寻常百姓家?那时节似鱼跃龙门播海涯,饮御酒,插宫花;那其间占鳌头、占鳌头登上甲。

(正末云)小生倘不中呵,却是怎生?

(魂旦云)你若不中呵,妾身荆钗裙布,愿同甘苦。(唱)你若是似贾谊困在长沙,我敢似孟光般显贤达。休想我半星儿意差,一分儿抹搭。我情愿举案齐眉傍书榻,任粗粝淡薄生涯,遮莫戴荆钗,穿布麻。

一路看过来，元杂剧里有太多你侬我侬、郎情妾意、生离死别的真情告白，但都不脱市井气，没有《倩女离魂》里言语真挚、清洁喜人，使人读了心怀舒畅。倩女句句说的是世俗事，却句句说得不俗，连说自己的对未来的担忧时，都说得那么慷慨清洁。

她对世事的冷静判断，超越了她的年龄和阅历，设身处地地想，你不忘是你不忘，可是世事往往身不由己啊！我不能冒这个险，我不能失去你。你若不中，我也甘愿与你贫寒度日，绝无怨言。

倩女如此火热的表白，王生若再不允，那就不是拘于礼法而是木讷无情了。幸而他不是。王生也是一个很豁达的男人。见倩女心意坚决，他也不再多虑，慨然应允："小姐既如此真诚志意，就与小生同上京去，如何？"

倩女微微一笑，含羞颔首，依偎入他怀中。片帆高挂，直往京城去。

【二】

"倩女夜奔"无疑是《倩女离魂》里最出彩的部分，除却人物自身性格引人瞩目之外，郑光祖的文辞之美也叫人叹服。他写倩女夜

奔，尤其写她独行时这几只曲子，文辞雅媚，有词的玲珑疏清、曲的
轻曼回旋，是元曲中难得一见的神品，呈现出如诗如画的意境，为原
本琐碎的爱情戏增添了难得的雅致，风骨不弱于两宋。我特地点出
来回味：

【越调·斗鹌鹑】人去阳台，云归楚峡。不争他江渚停舟，几时得
门庭过马。悄悄冥冥，潇潇洒洒，我这里踏岸沙，步月华；我觑着这
万水千山，都只在一时半霎。

【紫花儿序】想倩女心间离恨，赶王生柳外兰舟，似盼张骞天上浮
槎。汗溶溶琼珠莹脸，乱松松云髻堆鸦，走的我筋力疲乏。你莫不夜
泊秦淮卖酒家，向断桥西下，疏剌剌秋水菰蒲，冷清清明月芦花。

【小桃红】蓦听得马嘶人语闹喧哗，掩映在垂杨下。唬的我心头
丕丕那惊怕，原来是响当当鸣榔板捕鱼虾。我这里顺西风悄悄听沉
罢，趁着这厌厌露华，对着这澄澄月下，惊的那呀呀呀寒雁起平沙。

【调笑令】向沙堤款踏，莎草带霜滑。掠湿湘裙翡翠纱，抵多少
苍苔露冷凌波袜。看江上晚来堪画，玩冰壶潋滟天上下，似一片碧
玉无瑕。

【秃厮儿】你觑远浦孤鹜落霞,枯藤老树昏鸦。听长笛一声何处发,歌欸乃,橹咿哑。

【圣药王】近蓼洼,望蘋花,有折蒲衰柳老兼葭。近水凹,傍短槎,见烟笼寒水月笼沙,茅舍两三家。

《越调·斗鹌鹑》和《紫花儿序》写倩女趁夜追赶王生的心情。她追到江边时,月亮刚刚升起,明亮得像脸上未干的泪痕。岸沙绵密深沉,企图裹住她的绣鞋。倩女追心似箭,全然不顾路远难行。

大半日路程,即使换作男子徒步也觉得有些吃力。凭她足不出户弱质女子,竟然放话:"我觑着这万水千山,都只在一时半霎。"

只有心与心的灵犀能传魂越魄,使千山万水荡然无存。

倩女一路奔忙,走得脂残粉褪,云鬓松散,抛闪了千金小姐的优雅。她累得腿软筋麻也不敢歇息停下,眼看着日落西山,江水无涯,前路迢迢四下无人又叫她惊怕。

王生啊王生,只这半日你走到哪里去了?莫不是,再难追上你了?

倩女凄迷欲泪,正灰心踟蹰间,听到远处有声响,她心头一惊,怕有危险,整个人又勉强振作起来。还好,原来是岸边垂柳下水声响动人声喧哗。晚归的渔人、迟行的商客正在泊船靠岸,安排夜宿,一派忙碌喧杂。

而《小桃红》《调笑令》《秃厮儿》《圣药王》写倩女寻觅王生时在路边江岸所见所感，入目是凄清繁忙的江景，凄清是迷蒙月色，是寒雁从水边惊飞的叫声，凄迷是倩女此刻无所适从的心绪。

繁忙的是渔人正进行着最后一轮捕捞。随着暮色的降临，一天的劳累也告一段落。这一网擒获的鱼虾，也许可以单独留下和家人共享。

往来的船只在逐渐暗下去的水道穿梭，或行或停，无不在找寻自己的位置。而她，在心忙意乱地寻找王生。

——顾不得莎草带霜脚下滑，顾不得露水濡湿湘裙，泥土玷污了翠纱，顾不得绣鞋湿冷锦袜寒。抛下千金小姐的形象，一路跌跌撞撞，像个疯子似的来回奔忙。

渔歌唱晚使她放松了心情，轻软炊烟、星点渔火也使她更加向往两个人的平凡生活。忙碌而温情的世相重燃起了她心底的希望。仿佛鼓励她坚持住，只要找得到王生，一切的辛苦凄凉都可以忽略不记。对幸福的期望，让她勇往直前，不再恐惧，不再哀伤。

人世阡陌，岔路万千，看见星辰，可以暂记无人做伴的孤单吧！她抬头望向夜空，星光像一颗颗饱满的泪水，盈盈欲滴。寒空如洗，月色好得如花怒绽。就在此时，她听见王生的琴音。

悠悠的琴声……

【三】

直到数年后人们才知道。那个夜奔的倩女，不是倩女，而是倩女之魂。

这也能够解释，为什么一个弱女子能够万水千山若等闲，在一天之内追到王生和他同赴京师。

原因太过离奇，大家都不曾往离魂上想。

古人深信，魂魄是人精气所聚。身体只是一具皮囊，供灵魂寄居。失魂落魄的人，精气神必定大不如前，运道低的索性一命归阴。现实中的倩女，也因魂魄离体而成日浑浑噩噩，虽未即刻死去，也行将就木。

现实中的倩女镇日无法自拔于对王生的思念。她耿耿于王生音讯全无，一再担心他得了富贵，忘了婚约。她不知道她的魂魄已经远走，替她完成终此一生也不敢实现的壮举——与王生结为夫妇，生儿育女。她不知道另一个自己如此刚烈不羁，有如此猛烈的勇气摧毁禁锢，走得义无反顾。把她耽误的、担忧的青春全部补偿。

如果灵魂才能代表一个人的真实意愿的话，真实的倩女是叫人钦敬赞叹的。可惜的是，灵魂中的自己总是深藏不露，连我们自己也未必可以发觉。现实中缠绵病榻困锁重楼的她，依旧是一个弱不禁风、相思入肺腑的少女。

当婢女忍不住问她为何这般思念王生时,她说不出因由。你问我,时间如何就成了枷锁,原本简单的生活怎么变成了苟延残喘的游戏——我也不知。

她叹息着:"我则道相别也数十年,我则道相隔着几万里,为数归期,则那竹院里刻遍琅玕翠。去时节,杨柳西风秋日,如今又过了梨花暮雨寒食。"

想鬼病最关心,似宿酒迷春睡。绕晴雪杨花陌上,趁东风燕子楼西。抛闪杀我年少人,辜负了这韶华日。早是离愁添萦系,更那堪景物狼籍。愁心惊一声鸟啼,薄命趁一春事已,香魂逐一片花飞。

有一种明媚,还躲在我的内心深处,然而,我感觉得到,它在摇摆,欲离我而去。在我与你相逢之前,在我抛开病体之前,它不会轻易委身于我了。苔藓顺着石阶猖獗生长,犹如她绝望而不可抑止的思念在扩张。

望着阶下斑驳纵生,落寞的苔痕,她落泪了,泪水侵蚀了她的唇。苦水难以下咽。所有的一切,都应归于清空,万里无云的肃穆,所谓的悲伤,只不过是自己一厢情愿的奢侈。等待良人与等待秋天的流云一样,缓慢迅疾,也许望眼欲穿,也许转身之间,他就从你的眼中错过。

做不到对你绝情，我至少可以对自己绝情。暮色渐沉，婢女点亮了烛火，倩女却黯然地掐灭了心头的希望，一任自己沦没于无边的黑暗中。

就让我静静地死去吧。他再难归来了，她悲哀地想。长亭折柳时，说定然归来不过是一句相慰的戏言。外面的世界有那么多诱惑，他功成名就之后世界注定更广阔精彩。她凭什么叫他坚定？是她们母女先背弃了婚约。不是他。她拿什么来恨怨他？

穷尽所有的思念，反噬了自身。

到她自觉病入膏肓时，母亲犹不肯放弃，想请良医来调治她。她怀着自暴自弃之心拒绝了母亲的好意。思念是一把把见血封喉的匕首，缓慢而又坚定不移地刺向她的心脏。——无可救药——早知如此，何必当初。

母亲看着女儿日渐消瘦，由当初的不满，逐渐变成忧心忡忡。夫君早亡，只得这一个女儿，当然希望她有个好归宿，不料当日的安排，竟使得女儿含怨在心，一病不起。我相信，儿女相思病，是普天之下父母最痛恨、难以启齿的病。

这表明你所有费心的教养都在所谓的爱情面前溃不成军。数十年的养育之恩，尚不及一个男子无心的微笑或一个眼神的勾引。

面对女儿的疏远抵制、眼中的怨恨，母亲何尝不心冷委屈？她知道女儿心怀怨恨。母亲也很无辜。我怎知你对人家轻易就一见钟情，把自己搞得五劳七伤、半死不活，反过来怪我不曾成全你？我还不是为你的将来打算。想你嫁得好点,不吃苦不受穷。这样顾虑周全也没什么错——正因为我也年轻过。

女儿别过脸去,恢恢地不再与她交谈。她拒绝她进入她的世界,她的世界里再也没有母亲,只有王生。

【四】

我意欲将写《牡丹亭》时的未尽之言,放到《倩女离魂》里来。因为我发现,倩女与丽娘是如此相像,像一对姊妹。如维纳斯生自大神阳具所化的泡沫,而雅典娜劈开宙斯的头颅降世。她们,同样是由男人所生,由男人澎湃的灵感中降临。

妹妹的一生犹如一场春梦。而姐姐,她的一生是一场壮烈的私奔。

倩女比丽娘叛逆得更彻底更冷静。杜丽娘选择用虚无来抵抗虚无,沉湎于相思中耗尽青春,最后是依靠上天的成全才得偿夙愿。而倩女采取了最现实最直接的方法来燃烧热爱——私奔。

身不能走,心也要走。没有人可以阻止我,灵和肉是可以分离的。这是最温婉的坚持,最强硬的妥协。我既不违背道德,也不背叛我的真心。

我不要生生死死才相守,我只要今生今世不分离。

让我们相爱,否则死。

与倩女相比,杜丽娘显得那么孱弱伤感,不切实际。而崔莺莺徒有美艳的外表,难掩心底的虚伪算计,叫人难以彻底倾心。

爱可以举重若轻,也可以举轻若重,在每个人生命中所占的比重是不一样的。元杂剧里的几个奇情女子,虽生生死死经历不一,有一点却不谋而合。

"他只是经过了我身边,就已经偷走了我的心。"我蓦然想起谁说过的这句话。这句话,正是她们不顾一切的注解。当生活过于封闭空虚,当情感成为激情唯一的出口时,莽撞的爱意必然会冲毁苦心经营的堤坝。

现在,倩女随王生走在衣锦还乡的途中,她的灵魂和肉体即将合二为一。相较于灵魂的从容饱满,现实中的倩女忽然之间黯淡无光,狰狞毕露。她的计较和怨憎在得到王生书信的一刻突然爆发,由一个怨女变成了怨妇。她以为验应了长久以来的不祥预感,王生背弃了她,这个重大打击使她丧失了仪态,又气又急破口大骂,然后气急昏厥。

可是,若然人家决意背弃你,破口大骂也是枉然,反失了自己身份。倒不如,闭口不言,焚了书信,举手扬灰,就此清净了断。

当倩女随王生走进家门时,所有人都惊呆了。王生说,我带着你的女儿回来,我们已经结为夫妇。母亲说,我女儿自从你走后就染病在床,怎么可能和你在一起?

王生转脸对倩女的魂魄拔剑相向,厉声喝道:"你是何方妖孽!快快从实招来。"

这一个动作就能让人前胸后背全身凉透。即便倩女是妖精,也毕竟与你同床共枕了三年，你岂可因为旁人的一句话就翻脸不认人？你将夫妻之间的信义置于何地？

男人啊男人！男人们都是一个德行，不管你对他多么情深意长，一旦他惊觉你可能是异类，第一个反应不是顾念恩情，而是翻脸无情。

小的时候，我看过一出戏，或是听过一个故事。一个书生到未来岳父家去，未来岳父是当朝宰相，高官显宦，自然看不上这等白衣，冷淡地将他打发到后院读书。书生在后院寒窗苦读的样子没打动宰相父女，却打动了花园池塘里成精的鲤鱼。鲤鱼精化作小姐的样子与书生亲近，随后诱拐书生私奔。

后来书生得知了真相，放弃了高高在上的相府小姐，选择与鲤鱼精共度余生，鲤鱼精为与书生长相守，不惜忍受剥鳞之苦，始得人身。

此时，王生拔剑的动作，突然让我想起了这个故事，一个不多见的故事。可想而知，那些抱着美好愿望和人间男子相爱的女妖有多天真，她们的情路会有多坎坷。那些能够在得知真相以后仍义无反顾爱下去的书生们又有多难能可贵。

倩女之魂被惊吓，对着凶神恶煞的王生告饶："我也不知道怎么回事，我当真不是妖精。"

还是母亲出面打了圆场："让她去后院看看便知端的。"

倩女之魂走进闺房与晕厥在床的倩女合而为一。倩女醒来见是朝思暮想的王生，随即也想起了自己是如何千山万水随他而去。往事如雨，点滴都落在心头。丰沛的感情涌来，润泽了她即将枯涸的生命。她在一瞬间神采奕奕，光彩照人，恰如枯木逢春。

一切尽在不言中。像植物暗中的根茎绞缠，我们已经相好这样深，这样密不可分。

众人被这奇情所感，忘记了惊怕，啧啧赞叹。于这意外中抽身，皆大欢喜便成了顺理成章的结局。

王生是多么幸运啊，他可以得到一个女子相伴天涯的浪漫，然后又回归宜家宜室的安稳。爱情和生活的两全其美，他都到手了。

倩女的传奇在她正式成为王生妻子的那一刻宣告over。在结束了灵魂的欢歌畅游之后，倩女的灿烂轰烈归于流水斜阳的平淡，变回多愁善感的千金小姐（千金少妇），她的生活从此花好月圆，按部就班。

倩女的合而为一是否象征着人生的完满？这是否意味着，灵魂的漂泊终要向安定靠近？终有一日，激烈的人，走出荆棘，与生活握手言和。

青春期声势浩大的反叛和争执，即使不惜以决裂作为代价，终要在某个风平浪静、阳光清和的午后泯于无形，化作心头偶然的一丝微颤。

繁芜的内心，终要被清理，走向顺服。平和、释然，是人生的必由之路。只是有些人的青春期，过于漫长，无边无际。等不及蜕变，途中就迷失了自己。

《琵琶记》和《荆钗记》

鳌头可羡，须知富贵非吾愿。

生活，就是心中的世界和现实世界碰撞交接的过程。有时欣悦。有时惨烈。得偿所愿或是粉身碎骨。

所有的曲折复杂都会有一个简单的指向，矛盾也终将化解。人的一生，是用来了解自己真正需要什么和如何得到的过程。

兜兜转转之后，发现苦心追求的正是自己早已拥有的，和蓦然发现自己费尽心机也无法拥有一样可悲。

在众多汲汲以求的读书人中，蔡邕和王十朋是特出的罕物，他们心思清明。自我随和。

——题记

【一】

我翻遍汉朝史书，有汉一代，只有三公九卿，未见有个牛丞相。蔡邕实有其人，乃东汉名士。生一女蔡文姬，文姬归汉是东汉文化界的大事。但没有任何证据显示，蔡邕娶过一位宰相千金，他的夫人亦不姓牛或姓赵。

这点不真，并不妨碍《琵琶记》成为一个好故事。我意欲通过它和《荆钗记》来传达一些清洁的概念。《琵琶记》和《荆钗记》的开场，都是一幅天伦之乐的温馨画面，孝顺的子女为高堂贺寿。家庭美满，子女在侧。

幸福里也不乏隐忧，风波就躲在平静后。蔡邕的父亲寻思着让蔡邕上京赶考博取功名，钱玉莲的父亲一直惦记着自家无后，要为女儿寻一个终身。

面对父亲的催促。他表示，父母在，双亲老，不便远游。

也许王十朋也有这样的顾虑。但艰窘的家境，寡居老母的殷切期盼都促使他必须把功名放在首位，他的压力显然要大过彼时家境还算优渥的蔡邕。

不是同一个春天，当王十朋怀揣着岳父赠予的银两踏上了上京赶考之路，蔡邕犹在家中艰难抵制着父亲的高压。对于儿子的前程，父亲比儿子更上心着急。

　　这时蔡邕已经成亲，父亲认为他应该紧接着跨入立业的阶段。

　　蔡邕的理想和世俗背道而驰。他想：虽然读万卷书，论功名非吾意儿。只愁亲老，梦魂不到春闱里。便教我做到九棘三槐，怎撇得萱花椿树。天那！我这衷肠，一点孝心对谁语？

　　他显得恬淡安然，并不像很多读书人那样急欲博取功名来证明自己的价值。

　　父亲却认为他不思进取，贪欢恋爱。蔡父望子成龙之心压倒一切，或许做父母的早已习惯将自己的意志强加在子女身上，想由子女来实现自己未竟的理想，并认为这是理所当然。

　　父亲不依不饶，咄咄逼人的态度让他无可自辩，失去退路。

　　蔡母虽然站在他这边，奈何也无法说服固执的丈夫。

　　蔡父声称："萱室椿庭衰老矣，指望你改换门闾。孩儿，你道是无人供养我，若是你做得官来时节呵，三牲五鼎供朝夕，须胜似啜菽并饮水。你若锦衣归故里，我便死呵，一灵儿终是喜。"

　　抵不过父亲的威逼。蔡邕只得辞别双亲，辞别新婚两月的妻子赵五娘，依依而去。看过太多志得意满意欲登龙的书生，蔡邕这样被人赶着上考场的，相当少见。

这个男人清洁，与众不同。就像在如今激烈求进的社会中，不理外界的价值财富如何动荡，不攀比，不嫉妒，安心看顾自己的一方天地。甘于平淡是多么奢侈的事情。在那个以科举功名为出路的社会里，同样不以社会的主流价值为念，不觉得功名在身就从此出人头地，耀武扬威。这意味着内心拥有比财产更稳固更丰裕的财富。

这两出戏里，两位作者不约而同地用插科打诨的方式讥讽了科举考试。考状元如同儿戏。蔡邕和王十朋考状元都如探囊取物，居然也没有遇到营私舞弊的现象，就那么易如反掌地摘得了头名。

【二】

在两位未来状元走后，他们痴情的夫人苦守家中，二位女子孝顺公婆，注意言行，道德节操堪称完美。

无论是《荆钗记》钱玉莲的"闺念"，还是《琵琶记》赵五娘的"妆叹"，无非都是表白思念丈夫的寂寞，孝顺公婆的坚贞之心。

两折戏比较，赵五娘的感慨更婉转深长幽怨动人。她道："翠减祥鸾罗幌，香销宝鸭金炉。楚馆云闲，秦楼月冷，动是离人愁思。目断天涯云山远，亲在高堂雪鬓疏，缘何书也无？"

〔古风〕明明匣中镜，盈盈晓来妆。忆昔事君子，鸡鸣下君床。临镜理笄总，随君问高堂。一旦远别离，镜匣掩青光。流尘暗绮疏，青苔生洞房。零落金钗钿，惨淡罗衣裳。伤哉惟悴容，无复蕙兰芳。有怀凄以楚，有路阻且长。妾身岂叹此，所忧在姑嫜。念彼猿猱远，眷此桑榆光。愿言尽妇道，游子不可忘。勿弹绿绮琴，弦绝令人伤。勿听《白头吟》，哀音断人肠。人事多错迕，羞彼双鸳鸯。

春闱催赴，同心带绾初。叹阳关声断，送别南浦。早已成间阻。谩罗襟泪渍，谩罗襟泪渍，和那宝瑟尘埋，锦被羞铺。寂寞琼窗，萧条朱户，空把流年度。嗏，睸子里自寻思，妾意君情，一旦如朝露。君行万里途，妾心万般苦。君还念妾，迢迢远远也须回顾。

朱颜非故，绿云懒去梳。奈画眉人远，傅粉郎去，镜鸾羞自舞。把归期暗数，把归期暗数，只见雁杳鱼沉，凤只鸾孤。绿遍汀洲，又生芳杜，空自思前事。嗏，日近帝王都，芳草斜阳，教我望断长安路。君身岂荡子，妾非荡子妇。其间就里，千千万万有谁堪诉？

独守空房的冷清自不待言。当丈夫走后，她们都自觉放下曾经的青春妖娆。不再在意容颜，无心妆扮，不惜冷落了妆台，黯淡了容颜。所有的心念都用来翘首企盼敬候佳音,在对丈夫无限期望的同时又深恐男人一朝得志金榜题名眼界宽阔之后抛弃自己。

即使这样心神不宁,在长辈面前还是要小心伺候,礼数周全,千万不能被长辈看出你心不在焉,这又是耽于情爱的罪名——做好孝妇贤妇真是难得。

钱玉莲尚有通情达理家境富裕的老爹帮助照应婆婆,如果不是她那贪图富贵的姑妈和继母不死心逼她改嫁孙大官人的话,钱玉莲的日子应该相对好过些。

而赵五娘则遇上了最麻烦的事情,蔡邕走后,任她勤俭持家、小心照应,一家人,三张嘴,坐吃山空,家道依然日渐中落了。

紧接着又遇上了荒年,饥馑是农业社会农民最大的灾厄。一旦天公变了性子暂时忘却了下界黎民,赖以为生的土地颗粒无收,农民只能欲哭无泪,除了祈求上苍早日开恩之外毫无办法。

赵五娘比其他人又更艰辛凄苦一些。一个妇道人家,守着两个老人,平时连搭手帮忙挑水担柴的人都没有。无须刻意分剖,男与女的差别也清晰可见。仅仅是在劳动能力上,一个女人,怎么也抵不过男人。男人在身边,心里无形中有支柱,有依靠的感觉和没有依靠的感觉,生活起来怎么可能一样呢?

赵五娘对蔡邕那么多文绉绉思念的话语,其实都不及一句"你身上青云,只怕亲归黄土"来得痛切。我们该愤懑的,不是一个结婚两月的妻子义无反顾地为丈夫付出,无怨无悔地照顾老人。孝义是任何时候都该坚持褒奖的。叫人愤恨的是,追名逐利的社会价值操纵支配了人们的生活,使得多少本该一起同事双亲、偕老百年的夫妻被迫离散。

安稳和乐的日子不要过,一定要出外求取功名,为功名二字驱策,劳碌奔波。等到回过头,想回到往日的清净安闲已不可能。

灾难和打击接踵而至,联手对这个女人百般逼凌。这时赵五娘几乎已经撑不下去了。她去领救济粮,轮到她偏偏没了,粮官念她诚实可怜,严命里正把贪污的公粮交出来抵给她。孰料粮官刚走,里正就回来抢走粮食。悲愤绝望的她激愤之下几乎投井,幸亏被邻居张广才拦下,张太公将自己领到的粮食分她一半。

饶是如此,日子也更举步维艰了。粮食短少到足以让公婆生疑——怀疑她独自偷食。她无可置辩。事实上,为了省出口粮,她只能躲在下处吃糠咽菜。

蔡母窥视到此景,悲恸之下,遽然倒地死去。老人以决绝的死亡来表达内心的迟疑和恐惧,对丈夫的埋怨,对儿子的思念,对媳妇的愧疚,对不知何时结束的饥饿的惶恐。千言万语都随生命的终结戛然而止。

残年终于在风中熄灭。又过了几日,蔡父也凄然病故。将死之际,蔡父痛悔自己当初逼儿子去赴考,更恨不孝子一去音讯全无,又

痛惜贤惠儿媳操持家业,恪守妇道。固执的老人写下休书命五娘自行改嫁,含恨嘱咐道:

（外）媳妇,都是我当初不合教孩儿出去,误得你恁的受苦,我甘受折罚,任取尸骸露。

（旦）公公,你休这般说,被人谈笑。

（外）媳妇,不笑着你,留与傍人道,蔡伯喈不葬亲父。怨只怨蔡伯喈不孝子,苦只苦赵五娘辛勤妇。

赵五娘看着公公咽气,心里惊凉到滴水成冰。短短时间里,两个亲人故去,她连埋怨或思念蔡邕的时间都没有。眼下,安葬公婆迫在眉睫,死亡擦肩而过,她只觉得后背发凉,说不定什么时候死神就走过来连她一起拉走。假若蔡邕回来,不要说一家团聚,可能连荒坟尸骨都找不到。

公婆虽然下场凄惨,至少死能相守。而她,现在还能指望和蔡邕同穴而眠吗?

【三】

《荆钗记》里钱玉莲的死也随着时间推移逐渐逼近眼前。

王十朋递回的家信被造假,在资讯极度闭塞的时代,查证一封信的真伪,只能靠可能知道实情的人。但若这个人居心叵测,这封信又恰好是他伪造的,那么一切就很难在短时间内水落石出了。

和王生一起进京赴考的孙汝权名落孙山。功名非吾愿也！衣食无忧的孙大官人潇洒转身,倒也没有太在意。无意间偷看到王生的信之后,他对窈窕淑女钱玉莲的觊觎之心又被勾起,转而把剩余心思动到娶钱玉莲身上,伪造了一封信把原信调包,同时火速赶回温州。

当钱父前来向他求证王十朋是不是休妻另娶时,孙汝权信誓旦旦地表示王生贪图富贵另娶了宰相之女。

钱父犹自将信将疑,王十朋是他亲自挑选的女婿,人品他是信得过的,但这封信加上孙的证词,让一切看上去就是既成事实。

一直反对钱玉莲嫁给王十朋的继母和"十三点"姑妈见机在旁边撺掇,表示既然是姓王的不仁在先,休怪我们不义在后——两个人两张嘴,力逼着钱玉莲改嫁。

钱玉莲抵死不从,指出这封信的种种疑点。王母也不相信儿子会做出这等背信弃义的事情。可是,面对气势汹汹、咄咄逼人的两只母老虎,她又不能再为儿子申辩什么。

坐立难安、不知所措的侵扰中,只有儿媳坚决的态度让她稍感安慰,略有信心。

钱玉莲绝不改嫁！

从第一天替孙家做媒的姑妈拿着孙家的金钗和王家的荆钗到

她面前要她选择时,她就坚定了自己的选择,绝不嫁品行恶劣、徒有钱财的孙汝权。她只认同父亲选择的书生,倾慕家境清寒却深有抱负的王十朋,情愿与他同甘共苦。

她选择了荆钗。我不要最好的,只要最适合自己的。

当初继母就对她的"忤逆"非常不满,认为她不识好歹,阻断了自己的财路。为此继母大发雷霆,在家里争闹不休,逼着钱父把玉莲只身嫁出去,一点嫁妆也不陪。

新婚的清冷寒酸,她熬过来了。后来,王生赶考,父亲将她和婆婆接回家住,继母每日的冷言冷语,她也顶住了。更毋论那些秋露凄迷、寒蝉凄切的日子里,她吹着冷风,看着凋零漫卷的黄叶,听着窗外一声声撕心裂肺的叫声,是如何挨过一天又一天。

当足以把人凌汊的寂寞都可以忍下时,还有什么来自别处的压力可以摧毁她?

她无惧威逼,却担心一时不慎落入圈套,难保清白,到时候既辜负了父亲又辜负了丈夫。

思前想后,她趁夜投江自尽了。

黑夜是死亡的帮凶,迅速掩盖了残酷的真相,血腥被抹去,江面温柔得连涟漪都不泛起。一个女人抵死的反抗,如此微不足道,就像一颗石子掉进水里,扑通之后就销声匿迹!

如你所知的那样,钱玉莲并没有死。

她被路过的官员所救,官员也姓钱,做了一个梦,梦里有人告诉他江边有节妇投水，叫他去搭救，他醒来之后觉得蹊跷，就派家人在江边打探，果然救起了钱玉莲。

钱玉莲诉说了自己的遭遇，钱大人见她贞洁可人，又确是有家难归，同姓的巧合让他更觉得亲切，他收下钱玉莲为义女。

王十朋不知道妻子的遭遇，他自身的经历同样曲折。高中之后，他滞留京城，声名鹊起的他很快被姓万的权相看上，要招为女婿。

姓王和姓蔡的书生都一样，他们在刚刚踏入仕途之初就遇上了高官显宦拦路，丢给他一个看似是机遇的难题，或者是看似难题的机遇：要前程还是要娶我女儿？当然——这两者是捆绑销售的。

姓王和姓蔡的书生都一样，他们拒绝了宰相的示好。谦虚而坚决地表示自己配不上，糟糠之妻不下堂；换言之，我来考状元，不是来考你女婿的。

宰相很生气，后果很严重。大人们都很健忘，忘记自己当年也是个穷酸书生，也是这样一步一步摸爬滚打装了无数次孙子后挨到了今天位极人臣的位置。当一个人显贵之后就会自动洗底，淡忘往昔的寒酸和不堪，渐渐认为自己天生高贵，一言九鼎，容不得拒绝和侵犯。

向王状元抛出绣球的万宰相悻然表示要将王状元的肥缺换掉，改调不肥的吉安。向蔡状元伸出橄榄枝的牛宰相文雅一点，直接把报告打给了上司皇帝。

皇帝自然偏向自己的宰相多些,立刻拒绝了蔡邕的辞职报告,并下旨让新科状元和宰相千金择日完婚。

蔡邕闻讯怆然无言,他内心惨伤,却不可共人言。

没有人在意他的感受。他的人生再次被断然决定,先是父亲,再是皇帝,总是有强大外力不断干预,胁迫他偏离他自己的初衷。

而他内心仁慈,总是委曲求全,舍己从人。

戏中一段蔡邕的心理独白催人泪下。

梦绕亲闱,愁深旅邸,那堪音信辽绝。凄楚情怀,怕逢凄楚时节。重门半掩黄昏雨,奈寸肠此际千结。守寒窗,一点孤灯,照人明灭。

当时轻散轻别。叹玉箫声杳,庾楼明月。一段愁烦,翻成两下悲咽。枕边万点思亲泪,伴漏声到晓方彻。锁愁眉,慵临青镜,顿添华发。

鳌头可美,须知富贵非吾愿。雁足难凭,没个音书寄子情。田园将芜,不知松菊犹存否?光景无多,怎奈椿萱老去何?

自家为父母所强,来此赴选。谁知逗遛在此,竟不能归!今又复拜皇恩，除为议郎。虽则任居清要，争奈父母年老，安敢久留？天那！知我的父母安否如何？知我的妻室侍奉如何？欲待上表辞官，又未知圣意如何？苦！好似和针吞却线，刺人肠肚系人心。

我读到此处心下顿默，一时竟生茫茫之感，一如倦极的飞鸟。不是所有的书生在得到功名之后都会欣喜若狂；不是在所有的人眼中，富贵都值得用生活的其他价值来换取。蔡邕不是。蔡邕是读书人中更纯粹稀少的那一类。可惜他的纯粹，并不能使他得到赦免，只能使他更痛苦。在某个深夜，当我读到这段话时，逼我再次意识到"身不由己"这个偶尔被遗忘的残忍真相。

忍了又忍，仍是有泪欲流。

人有多少事能够自主啊？决绝的对抗是激烈的美，而柔顺的服从，意味着旷日持久的自我牺牲。

【四】

皇帝难得有兴做次媒，不成功，岂有此理？下面人赶紧操办起来！

蔡状元就这样莫名其妙被牛家强娶进门，心怀哀怨地成了牛宰相的东床。东床袒腹不袒腹。他心思满腹。

强对南熏奏虞弦，只觉指下余音不似前，那些个流水共高山？呀！怎的只见满眼风波恶，似离别当年怀水仙。

顿觉余音转愁烦，似寡鹄孤鸿和断猿，又如别凤乍离鸾。呀！只见杀声在弦中见？敢只是螳螂来捕蝉。蓝田日暖玉生烟，似望帝春心托杜鹃，好姻缘翻做恶姻缘。只怕眼底知音少，争得鸾胶续断弦。

在锦衣玉食的团团裹挟当中，蔡邕抑郁不乐，此时他的念旧顾贫尤显可贵。物质不能洗劫他内心对故人的思念，他不知道家人近况如何，被迫娶了新妇，对旧妇的亏欠更使得他对赵五娘念念不忘。

如泣如诉的琴声，扣人心弦，前来探视的牛小姐被打动了。她衷心倾慕丈夫的才华，比起他的才华，他时时落落寡欢的样子更惹她怜惜。

她不明白他为什么明明坐拥天下读书人梦寐以求的一切，却依然孤苦得像一个无家可归的孩子。

她想为他解忧，却分明感觉到他的闪躲。他的闪躲却让她更执意地想靠近。

结亲时的小小波折被顺遂的婚姻遮掩过去，蔡邕温顺地掩藏了心事,他不愿把怨愤加诸在无辜的妻子身上。

牛小姐也随之淡忘了说亲时的那点不快,现在她很满意父亲的安排,蔡邕确实是理想对象。她至今不知道蔡邕在老家还有个妻子,而这正是他当初坚拒联姻的原因。为了不伤害女儿,牛丞相一手遮天解决了问题,同时对女儿隐瞒了这件事情。

蔡邕性格柔和、稳妥,他也掩饰得很好。

牛小姐很有见识。当初听说蔡邕拒婚的时候,她不是觉得自己被侮辱了,而是对父亲坚决要把自己嫁给状元的主张不以为然。她想劝说父亲不要强人所难,但有些话她又的确不方便开口,只能私下对伺候自己的婆子婢女感慨:

百年姻眷,须教情愿。他那里抵死推辞,俺这里不索留恋。想他每就里,想他每就里,有些牵绊。怕恩多成怨。满皇都,少什么公侯子,何须去嫁状元?

我很质疑戏中高官的见识。天下士子千万,状元考试虽然第一名,官运却未必是第一名,结亲何必非状元不可?状元是名头响,落到实处却可能是个文职闲职,仕途未必好。

京城待嫁淑女无数,押宝也不必都押一家吧!更何况,强扭的瓜不甜。我开始欣赏她的通达了。然而最初,牛小姐的性格看起来却一点也不可爱。

牛丞相上朝公干去了，小姐的婢女惜春放肆玩一下，被她骂得狗血喷头。这段戏看得我很不舒服，一个千金小姐，训斥起丫鬟来一口一个贱人，真叫人惊诧，乡野村妇略识礼仪也不至于如此口舌不净。

这样写，虽然是作者特意强调牛小姐是个循规蹈矩的大家闺秀、宰相千金，但这样的语言实在有失身份，牛小姐几句话之间生生成了个泼妇。

这是作者用力过度、考虑欠妥之处。除去这点小小不善，《琵琶记》的整体语言都很妥当，曲词和谐优雅。

尤其是蔡邕的言辞，很符合他雅量高洁、无意于功名的性格。

终朝思想，但恨在眉头，人在心上。凤侣添愁，鱼书绝寄，空劳两处相望。青镜瘦颜羞照，宝瑟清音绝响。归梦杳，绕屏山烟树，那是家乡？

怨极愁多，歌慵笑懒，只因添个鸳鸯伴。他乡游子不能归，高堂父母无人管。湘浦鱼沉，衡阳雁断，音书要寄无方便。人生光景几多时，蹉跎负却平生愿。

思量，那日离故乡。记临期送别多惆怅，携手共那人不厮放。教他好看承，我爹娘，料他每应不会遗忘。闻知饥与荒，只怕捱不过岁月难存养。若望不见我信音，却把谁倚仗？

思量，幼读文章，论事亲为子也须要成模样。真情未讲，怎知道吃尽多魔障？被亲强来赴选场，被君强官为议郎，被婚强效鸾凰。三被强，我衷肠事说与谁行？埋怨难禁这两厢：这壁厢道咱是个不撑达害羞乔相识，那壁厢道咱是个不睹事负心的薄幸郎。

悲伤，鹭序鸳行，怎如那慈乌返哺能终养？谩把金章，绾着紫绶；试问斑衣，今在何方？斑衣罢想，纵然归去，又恐怕带麻执杖。天那，只为那云梯月殿多劳攘，落得泪雨如珠两鬓霜。

几回梦里，忽闻鸡唱。忙惊觉，错呼旧妇，同问寝堂上。待朦胧觉来，依然新人鸳帏凤衾和象床。怎不怨香愁玉无心绪？更思想，被他拦当。教我怎不悲伤？俺这里欢娱夜宿芙蓉帐，他那里寂寞偏嫌更漏长。

谩恓快，把欢娱翻成闷肠。菽水既清凉，我何心贪着美酒肥羊？闪杀人花烛洞房，愁杀我挂名金榜。魆地里，自思量，正是归家不敢高声哭，只恐猿闻也断肠。

身陷相府的蔡邕并不知道赵五娘在家乡的遭遇，但他知道家乡遭了灾,始终存在不祥的预感。由始至终,他的志向意趣都不曾趋于俗流。

冰清玉洁的人难以融入虚情假意的场合。看着身边高谈阔论的衮衮诸公,他们兴致勃勃。蔡邕常心绪寥落,陷入游离的孤独。周旋于权贵之间的经历更让他清醒。纵名满天下又有几人对你真心赞美?广厦千间不过夜眠八尺,玉粒金莼食之无味。醇酒美人,玉搂欢会又何尝真正开怀一醉,心无挂碍?

他不以为喜,却不得不强颜欢笑,曲意周旋。不自私的人,纵然自己不快乐,也不会忘记顾惜别人的感受。

【五】

与蔡邕内心彻底的抗拒背离相比,王十朋要显得轻松一些。他的个人意愿和现在生活的走向是一致的。母亲在玉莲投江后难以在钱家继续住下去,北上来找他。

得知爱妻投江的消息,书生心痛昏厥。

她成了水底的孤魂,他在江边祭她,将自己感情葬入水中,转身成了敛默的男子,从此与情爱无涉。

带着母亲赶赴偏远地方上任。与蔡邕一样,王十朋内心也觉得为官不乐,功名陷人。

　　腾腾晓行,露湿衣襟冷;徐徐晚行,月照遥天暝。只为功名,过离乡背井,渡水登山蓦岭,带月披星,车尘马足不暂停。晴岚障人形,西风吹鬓云。

　　被功名驱策,身不由己。亡妻的影子萦绕心怀,让他见山不是山,见水不是水,凄凉的山风利刃一样穿过胸口,内心的凄楚总是一波未平,一波又起。

　　经过这许多波折,他对尚未正式开始的宦游生涯隐隐已生厌倦之心。看到太多对功名汲汲以求的人,以致我们都忽略了还有另外一些人是厌倦功名的,他们的心经历过不同程度的清洗,变得更通透、更恬淡。

　　终于到达。励精图治。当一个人不再执着于私属情感时,不再计较个人得失时。他由患得患失变得沉稳练达,开始掌控全局,胸有天下。

　　偏远之地被治理得井井有条,而原先他赴任的一个富庶之地却遭了灾疫。许多人死于非命。

　　安定下来的钱玉莲也没放弃寻找丈夫。她派人去打探消息,只得到王大人阖家亡故的消息,她并不知道此大人非彼大人,选派之事当年已被万丞相做了手脚。

　　钱玉莲闻讯伤心欲绝,立誓为亡夫守节。这一对痴情男女隔着世间的山水,却以为对方身丧九泉。他们没有约定,却默默做了同样的坚持。

除你之外，再不言爱。这样坚定地过了五年，直到他们再度重逢。

我想，不必刻意宣扬什么过于严肃的意念，守节作为个人意愿出现时，是肯定要被尊重的。我以我的方式去祭奠我的情感，即使一死追随，也没有什么不可以的，但若刻意把守节作为一种道德操守来宣扬，要求全社会普遍施行，每个女人非如此不可，那显然就不近人情，恶毒且阴险了。

这两出戏里的三个女人都是典型的标准淑女，谨言慎行，足不出户，目不斜视。但她们并没有因此变得性格寡淡，面目可憎。

钱玉莲性格刚烈，对父母婆婆却十分忍耐孝顺。牛小姐艳若桃李，冷若冰霜，在丫鬟婆子面前显得过于端庄、无趣。当她做了妻子，在蔡邕面前，她却从来不乏生活的情趣，并且小心温顺，是个无可挑剔的妻子。

赵五娘也不软弱，软弱绝不可能有那么坚韧的面对困难的意志。她卖发筹钱安葬公婆，描绘丈夫真容带在身上，化装成道姑一路远上京城。她也不盲目，盲目不可能千里迢迢怀抱琵琶一路乞讨上京。

她只是爱，只是付出，爱的本身就带有盲目的性质。而付出，只是牺牲的另外一种表达。

五娘没有毫无原则地妥协，她只是那种天性仁慈、习惯舍己从人的人,任何时候,宁可自己受苦,也不愿别人受难。他们三人的情况,即使是处在今天的社会,也只能有一个人退出,或者是三个人同时接纳对方。

对于失去音讯的丈夫,除了偶尔因思念难抑而心生幽怨之外,她并没有过多的埋怨、怀疑,即使在牛府见到牛小姐之后,她也没有勃然作色,大骂人家狐狸精不要脸。她委婉的陈述,得体的态度,更让牛小姐心无抵触地接纳了她。

也许她这些年过得很辛苦,但是,如果她不这么做,她会更辛苦。

五娘与蔡邕相见,痛诉前情,抱头痛哭。

虽然相处日短,但他们仍是患难夫妻,他们对彼此的记忆还定格在最初的相识。

我相信,一切的路都是自己选的,所有的结局在看不见的时候早已写下。上苍只是暂时遮住人的眼睛。

人一直在问,为什么活着?生活的意义为何?

最终的答案已经写在生命的某处,等我们自己去发现。

人最终会接近一个不可动摇的事实,人不是为自己活着,付出比得到更贴近生命的原质。

蔡邕为父母付出,违心去参加科举;赵五娘为蔡邕付出,在家乡含辛茹苦;牛小姐也为蔡邕付出,接纳了五娘,说服了父亲让他们还乡守庐,以尽孝道。

　　牛小姐也是恪守妇道的贤妇。妇道要贤,贤而善谏,只有愚昧不明和不怀好意的人才会把它曲解为毫无道理、毫无主见的服从。当牛小姐得知蔡邕的心事之后,她不惜和父亲争执,坚持要让蔡邕回家探望父母。面对丈夫,她又是深感愧疚的,觉得自己耽误了他的尽孝之心。

　　后来见到乔装进府、饥寒交迫、形销骨立的赵五娘,她更愧疚了。接纳她,成为她补偿他们俩的方法。这宽容,同样不是无原则的妥协。

　　最让我感动的是,戏中的男女都有一颗纯善善感的心,没有觉得自己的幸福理所当然,总能时时检点自身。

　　《琵琶记》和《荆钗记》都写男女之间的深情忠贞,却不腻腻于儿女私情,于男女之事更是少言。钱玉莲嫁王十朋只以一个荆钗为聘,相守不过百日,离别却整整五年;赵五娘新婚两月就和丈夫分开,剩下的日子全在操持家计,赡养公婆。

　　慈悲和清洁,才是真正清晰的主题,暗自联系着看似时隔遥远的两出戏。

　　也算是一种巧合或雷同吧。两对失散夫妻的再度相逢,一个在佛寺,一个在道观,这不算一个坏的安排。在大多数情况,这两个地方还是能让人心意安宁,充满希望的善念。

　　在分开很多年以后,拥挤的人潮中擦肩而过的脸,我怎么恍惚认作是你?想走过去相认,却又不敢贸然相认。

我对你思念得太紧，紧得死死逼住了我的心。我不敢释放它，怕它得到自由之后就反噬一口。而这一口，足以要了我的命。

跪在佛前祈祷，心中明明灭灭的愿望就是再见你一面，及早与你团聚。端凝的佛低眉含笑不语，笑你我兜兜转转，还不知道，等的那个人，有时正经过自己身后。

终于，等到云开雾散、水落石出的一天。

与你在佛前重聚，匍匐于慈悲之下，我心悲戚欢喜，不管有多颠沛，经过多少辛苦。失而复得的满足，足以抵过一切。感激上苍许我们重逢，感谢你回到我身边。感谢时间用分离见证了我们彼此从未背叛，更见证了我的人生必须因你而完满。

人的一生是用来了解自己真正需要什么、如何得到的过程。兜兜转转之后发现，苦心追求的正是自己早已拥有的，和发现自己无法拥有一样可悲。

【随时准备老去】

写这篇《后记》时,那场被罗格誉为无与伦比的体育赛事刚好结束。盛大落幕。

从一场狂欢中抽身,你是否感觉到这最后一夜的悲凉渐渐浮出水面,凝聚成一把匕首抵住了你的心? 无论表面多繁华多热闹,都无法掩饰散场时无力落脚的疲软,心中的空虚。一如再次被宣告无家可归,无处可去。我们对奥运的热情其实来源于对自身的焦虑。我们需要荣耀,需要不断被证明。

目光再拉得远些,审视这一百年。近百年来,国人存在着一种普遍的焦虑，焦虑源自身份认同的危机，危机让我们总想去证明什么。这个全球性的体育赛事，在合适的时间，给了我们合适的机会。大家身不由己地去投入去表现。

身边的人，津津乐道于资本、商业模式、全球化、创意、崛起、民主、精英。人们被这些煽动性极强的词汇弄得兴致勃勃，梦想远大。当人们的心绪越来越不安稳，身处的社会也就越来越紧绷，到处充斥着紧张、振奋、不安、焦虑的情绪。

当我们毅然把自己的根从故土中拔起，交给路过的风，我们就失去了根本的营养维系。当我们意识到自己不再是世界的中心，局促与惶恐就促使我们更急切地要去与广大的世界对接，寻找新的土壤。

可是，亲爱的，外边没有别人，只有自己。

记忆一夜之间铲平，我们真实地感到不安。徘徊在记忆的荒原上，故乡正从心底淡化，从视线中远离。人人本质上都是孤儿。

当我身边的人潮水一样涌向国外，去读书求学，相信那里的环境和文化存在崭新的转机，是未来生活的希望。哪怕——是去转一圈镀个铜，回来也好冒充是金，然后自命不凡。

在某些方面我显得松散，不思进取，不合时宜，思想更近于那些逐渐沉寂的老人。关于自身，我亦只坚信这个国家是我的精神永固之地，必须终身不离不弃。

我知道，我们的传统里有很多令人不悦的东西，到现在仍难以改变。或者可以说，不被改变。

真正了解传统的人不会迷恋传统，感慨今不胜昔。因为无论怎么样感人肺腑的抒情，我们都不可能回到古代，复制前人的生活，不可能像流行的幼稚浅薄穿越小说那样，根据自己的喜好挑拣时代挑拣身份去生活。时代总是不理个人意志决意向前。

事实上，我坚信的是，从传统中获取力量并赋予意义仍是我们精神补给的资源，是我们在新时代前进的力量。传统中国拥有一种罕见的文化包容性，这使得它虽然灾劫重重、千疮百孔，最终仍能神奇地自我愈合。鲜卑、蒙古、满族，种族文化的差异最终在它巨大的感召力之下一一归附。它的创造力无疑令人惊叹，但它在灾难面前表现出的妥协、麻木同样叫人失语。

这个民族坚韧和无法摧毁的强悍，单纯而深刻。它旺盛持久的生命力，使研究者百思不得其解。即使侵略者也为之叹服。

今日的中国，文化上的包容性依然存在，或者更显著。可悲的是，它的独特性却在渐渐消失。我们在丧失自我的同时，正在无限量地被同化。尤为可怕的是，在传统被日渐摧毁的同时，我们并没有找到新的传统来替代。坚决亲手摧毁自己的根，以为就此获得新生，却不料连根上的新芽也一齐摧毁了。

我们显得如此有机会走出延续百年的精神困境，却又紧接着陷入了新的困境中。

过尽千帆皆不是。身份认同的焦虑从清末国门被大炮军舰洞开的那一刻开始,至今尚未得到根本救治。一代代的中国人经过艰辛尝试和挫折终于承认,我们是中国人,不可能脱胎换骨变成别人。

现在存在着的危机,也是改变的契机。人容易迷恋过去,也容易耽于现在。事实上过去和现在之间一直紧紧咬合,没有明确的界限。我们有很多自以为是的正确判断,往往局限一个时间的断层内。

我厌恶过分热情的推崇,过分尖刻的批判。这其中,充斥着野蛮、轻率、武断、不负责任、自以为是,以及人为界定的不纯动机。我们对于社会的责任感表现在提供有力的思想,而非悲观的嘲讽、无力的批判。

在很长一段时间里,看见"中国元素"这个字眼就会让我全身不适。它显得那么肤浅零碎,不求甚解,像一堆鸡肋。什么是中国文化,谁又在代表着中国文化? 这是一个滑稽无聊的问题。事实上谁真的能代表中国文化,谁又能将自己彻底隔绝于中国文化? 为何一定要努力排出个座次来? 我们不是在水泊梁山,文化的干将怎么算也不止一百零八个。传统文化就一定超越了今天的文化吗,今天的文化就注定不会成为将来传统的一部分吗?

一首《东风破》,一句《青花瓷》的流行,一个讲坛的兴盛,几本诗词解读随笔的畅销,我们就高呼"国学归来"。注意力的暂时转移,不代表身心的投入。

人们总是一边自卑,一边自满——那么贪得无厌,又那么容易满足。中国功夫打入好莱坞的荧屏会让我们振奋，锦缎旗袍龙凤云纹成为大牌儿晚礼服设计的新亮点，也让我们眼前一亮。但这些都如浮云遮眼，转瞬即逝。显而易见的元素总是容易把握，人们容易忽略的是它存在的根源。

中国人值得骄傲和自豪的绝不该是让自己的文化成为流行和点缀，也不是狂妄自大地要成为世界文化的主流，而是自信的文化认同和开放博大的包容心态。我们需要的是理解民族文化的价值和面向世界的眼光，只有这样才有活力持续。中国人真正能够拿出来与世界分享与认同的是内心世界的丰饶和深广，而不是文化皮毛的炫耀。

我越来越厌恶把所有无聊的争执都上升到文化层面，好像非此不足以显示深刻。其实这样恰恰自暴其短，是浅薄浮躁的表现。

我从未以批判的角度去看待我们的文化，诗词或是戏曲。我不具备深刻的洞察力，也根本上不喜欢这么做。不停地批评和奚落不是治疗衰落的方法。何况，我们首先得分辨出它是不是真的在衰落，是衰落还是必然的老去，抑或是新生？

批判是某种意义上的解构，本质是更为深入、严肃的理解，即使它的手法是无厘头、后现代的。而我所观察到的一些人、许多人，他们连知尚未做到，谈何了解深入？

嘲讽令人解气却难以为继。当批评什么时，先不要笼统地下结论。我们应该首先学会关注所议论的内容本身。

　　我试图从世俗的故事中寻找被埋没的、更洁净纯真的文化和道德，它们是属于这个民族至为根本的东西。

　　我一直在想，中国人到底是怎样一群人？是什么帮助这个民族，渡过一次又一次近乎灭顶的灾厄，破除一个又一个在劫难逃的魔咒，缓慢而坚毅地前行？

　　将痛楚，隐藏在伤感优雅的叙述里，让故事像花一样无拘无束地开放。我期许透过一个个故事，在时间中与时俱进。在贪婪、残忍、凶蛮、世俗的外表之下，寻找到充满关爱、奉献、坚贞、宽容的人性光芒。

　　我透过故事，看到读书人精神上所受的屈辱和自身的小肚鸡肠。这点上他们和最小气最世俗的妇人毫无区别。他们力图通过虚构故事来疏导被压抑的情绪，寻找内心的平衡，表达自己的不满，以此抵抗社会给予的压力，消除身份认同的不安和窘迫。

　　于是你看，在现实中怀才不遇、牢骚满腹的读书人，摇身一变，时来运转，美人投怀送抱，夺取功名如探囊取物，要风得风，要雨得雨。想象的美满，恰恰反映了现实生活的艰窘和精神的枯萎贫瘠。

　　当一个男人真正获得认可、获得实现理想的机会时，他应该知道要抬起头来，把手张开，伸向天下，伸向更多需要救助关怀的人。绝非掉转身来，与自己的翁婆秋后算账，把娶到女子、光耀门楣，作为扬眉吐气证明自己能力的手段。

　　文人们在戏曲中展现的高尚和龌龊并存的能力，也着实令我兴奋。他们总是一会儿上半身，一会儿下半身，一边自以为是，一边怯于人言，一面被现实阉割，一面在自我幻中雄起——完美但毫不牵强地转换角色。

我甚至恶毒地觉得，失落、被弃才是文人的宿命，只有失落感才能激发他们伟大不朽的灵感。丰腴的生活只能使他们腐坏。

我更希望能借由戏曲，了解一个由儒释道法等多元文化构成的中国文化是如何不完美却和谐地统一在了一起，进而影响了数千年来中国人性格的形成。这些高贵又卑劣，使人赞叹又厌恶的品质，它们一如既往地存在于我们每个人体内，由生即死，生生不息。

中国古代文人潜意识里的想法和他们真实的心态，平民百姓真实的感情波动，都使我好奇。他们因何而喜，因何而忧？我需要的是一个接近真实想法的想法，而不仅仅是看他们眠花宿柳，听风入松，表现生活的潇洒和飘逸。

中国人如此拘谨严肃，又如此大胆不羁，无人不可以调侃，无事不可以笑谈。在戏里，他们一边继续宣扬着正统的不可侵犯的思想，一边把已经称王称帝、成贤成圣的人拽下神坛拿来调侃，编出一个又一个煞有介事的故事。

我发现对一个社会做出清晰的价值判断越来越难。所以我越来越模糊，在所有貌似文化的讨论中缄言，乃至于逃避，羞于承认是文化人。所有的一本正经，只让我联想到四个字——道貌岸然。

有时候我会怀疑我是不是老了，以我这样的年纪，发出这样的感喟为时太早，太有为赋新词强说愁之嫌。但是真实的感觉就是如此。

被裹挟在一个高速发展、看似青春焕发的社会中，身边的人和事日新月异，一日三春，自身反而像是静止了，我潜身在文字里，随时准备老去。

但我知道，还有一种明媚躲在我的内心深处，我见犹怜。

此次新版，将原书名《观音》改为《晓来谁染霜林醉》，这里顺笔一提。